有人说，灵感是风，

在它所过之处，

总会飘落些许美丽的诗的花瓣……

Suiyue de Yunjiao

岁月的韵脚

张林 ◎ 著

首都经济贸易大学出版社
Capital University of Economics and Business Press
· 北 京 ·

图书在版编目(CIP)数据

岁月的韵脚/张林著.—北京:首都经济贸易大学出版社,2015.10
ISBN 978-7-5638-2428-1

Ⅰ.①岁… Ⅱ.①张… Ⅲ.①诗集—中国—当代 Ⅳ.①I227

中国版本图书馆CIP数据核字(2015)第232113号

岁月的韵脚
张林 著

出版发行 首都经济贸易大学出版社
地　　址 北京市朝阳区红庙(邮编 100026)
电　　话 (010)65976483　65065761　65071505(传真)
网　　址 http://www.sjmcb.com
E-mail publish@cueb.edu.cn
经　　销 全国新华书店
照　　排 首都经济贸易大学出版社激光照排服务部
印　　刷 北京京华虎彩印刷有限公司
开　　本 710毫米×1000毫米　1/16
字　　数 246千字
印　　张 14
版　　次 2015年10月第1版第1次印刷
书　　号 ISBN 978-7-5638-2428-1/I·38
定　　价 36.00元

序　言

岁月静静流淌，光阴穿梭似箭，四季的轩窗依次开阖，对我们的视觉、听觉、感觉有了不同的触动和影响，这种触动和影响链接着我们的心情、我们的心态，影响着我们的心灵。心灵是什么？心灵是生命殿堂里的一口大钟，时刻在与外面的世界激越着回响。虽然不可能每个人都能成为诗人，但是每个人的心中都有诗人的情结，我便是后者。孔子说“不学诗，无以言”，表明中国古代是以“诗”来教化文明的；钱穆则认为诗歌在中国传统文化中具有类似宗教的作用，即可传递个人心灵微妙感受、抒发性灵，还可以规范伦理、教化人性、慰藉人心。其实，每一个人生的足迹里都长着一朵思索之花，在或浓或淡地散发着什么。

我喜欢记录下生命与岁月相守中的思想火花，用来为平凡的日子增添一份高雅和惬意的表达，在诗的小径上曲径通幽，在诗的喻像中意气风发，越过“意义”的门槛，在“意味”乃至“意境”的时空里生根发芽；我喜欢用思考的阳光在文字的卤水里晒出“妙不可言”，我喜欢用简单的笔墨在大千世界的画板上勾勒万里云烟；我喜欢在朗朗上口的韵味里把情感和文字简约畅快地排版。当然，我忠于情感，又忠于意象，更忠于那一串刹那间内心整体闪动的灵感，如同一种岁月的榫卯，端庄瑰丽地构建着生命的美感。

有人说，灵感是风，在它所过之处，总会飘落些许美丽的诗的花瓣，《岁月的韵脚》就是装这些花瓣的篮子。从春的鹅黄，到夏的墨绿，到秋的金色，再到冬的银辉，自然之神总能用特有的天籁和色彩共鸣心灵、催生感慨，我努力把它们窑变成叫诗的几句语言，做成温婉的挂件，挂在光阴的走廊，来肥沃过去的些许荒凉、富庶未来的信念信仰。

我希望《岁月的韵脚》似一口浅浅的水井，不漫溢也不干涸，沁渗思想分泌哲学。我坚信，春天草木中的一阵颤动就是诗的滥觞。

2015 年 4 月，于盘锦

目 录

第一部分

Chaptes 1

春天的号角

爱　情

和你走在长满鲜花的小路
和你走在弥漫芳香的时空
无语,是心灵在感知彼此的幸福
情到深处,世界已经空灵
鸟声啾啾,是爱情童话的背景音乐
微风习习,是浪漫人生的微醺甜蜜
春水有多暖,爱情就有多暖
飞燕多敏捷,爱情就有多敏捷
柳笛多悠扬,爱情就有多悠扬
桃花多红润,爱情就有多红润
一位叫阳光的诗人,正在点赞爱情
一首叫风景的歌曲,正在起伏旋律
爱情,是那个季节的宝贝和舍利

安民榜

春天的油菜花儿黄,河边的柳枝细又长
斜飞的燕子当导演,剪切了一场又一场
村后的那方小荷塘,青蛙飙歌到天亮
唱得星星落水中,唱得鱼儿直发慌
一抹朝霞出东方,万箭齐发大地痒
露珠洒下消毒水,蜜蜂巡诊分外忙
一根银针治百病,治好童谣一箩筐
治得花儿怀了孕,治得大地人丁旺
蝴蝶甘愿当下手,细心护理百花香
一只野猫生歹意,伤了蝶儿的翅膀
一只风筝去流浪,误入云儿的产房
一阵细雨流眼泪,腹稿流产把心伤
最后雷声急了眼,闪电狂草安民榜

懊　恼

我不是裁缝
更没有二月的剪刀
二月的剪刀很钝
就连最柔的细雨也剪不断
淅淅沥沥的雨织出了大地的绿
织出了翠柳的曼妙和黄莺的歌谣
小草也敲起了架子鼓摇头晃脑
一股久违的清香在空气中奔跑
蛰伏的各路神仙都在展示八仙过海的奇招
穿着礼服的鸟在空中一字排开
时不时变换队形去赴一场盛大宴会的相邀
在乡间的小道上,老牛慢条斯理地啃着嫩草
我清楚,它要为此刻的粗暴,反刍一生的懊恼

产　床

我要用柳枝的彩礼
为春天迎娶燕子
我要用柳笛的唢呐
吹响迎亲的欢喜
我要用杜鹃的红绸
给新人披挂上吉祥如意
我还要用蛙鸣的小号
演奏婚礼进行曲
白云说,爱情也有谜底
爱是无限的生机
情是激荡的云雨
春天完婚的时刻
大地成了产床

春　光

春天，从南方悄悄走来
不知不觉，不声不响
捧出，一树树的绽放
散发，一缕缕的花香
春困，喜欢在这个时候采集月光
给心中的一个念想，浇灌
绵绵的情长，按耐不住的思量
所有的枝条，都有些肿胀
所有的鸟鸣，都有些惊慌
唯有沥沥的雨丝，不慌不忙
在大地的扉页上，起草黄钟大吕的文章
布谷负责破题，风筝表达思想
一只羔羊，在咩咩地叫着奶娘

春之歌

春天，被燕子衔了回来
向阳坡地，一片桃林
像似来了一次初潮
一切仿佛都有些惊慌失措
我听到了大地在打着饱嗝
起早的农民，笑着朝阳的懒惰
晚归的牛马，循着炊烟的吆喝
席地而坐的小草，伸了伸懒腰
攀墙而出的枝蔓，要阳光给它解锁
蔚蓝的天空也将被耕种
种上心灵远行的动车
种上信念盛开的云河
用一场春雨，梳洗锈迹斑斑的寂寞

春之诏

不知道春天究竟是什么时候来的
一夜间都撑开了花伞，如仙女下凡
无数个牛郎仰望爱情的银河放声歌唱
无数个目光挂在惊艳的枝头熙熙攘攘
鸟儿都跃跃欲试，准时参加星光大道
获奖的明星，公然在我家的窗前修筑爱巢
我惹不起，这是春天的下诏
要给那些和它千里奔袭的有功之臣以厚待和关照
春天的八旗子弟也确实劳苦功高
正黄、镶黄旗，在油菜花海会师山呼海啸
正红、镶红旗，在山坡谷地燃起灼灼火苗
正白、镶白旗，在云里雾里策划一场风暴
正蓝、镶蓝旗，在猎猎青天打出替天行道

大赦天下

这是春的篱笆
缠满了成长的官司
没有一位法官能够审清
那些日夜兼程的脚步
该定什么罪,该用哪条法
又如何做出一个恰如其分的刑罚
这真是一个棘手的事情
当然,关押是最简单的办法
但越狱也是非常可能出现的摩擦
不信你看,那旁逸斜出的舆论
会把一个案子翻盘成冤假
其实,春天的问题源于种子的萌发
那是惊蛰的雷声要大赦天下

盗　版

又见一树的饱满
那里镌刻着万语千言
春风抚摸过的脸蛋
都露出了血脉喷张的容颜
走近她们，我还能听见呐喊
也许，她们在宣誓着版权
用粉红的标记，强调着自己的特点
她们担心，不久会有蝶的抄袭
蜂的窥探，鸟的观瞻
这些精灵写得一手鸳鸯小字
据说，已经联系一家万紫千红的公司准备付印
届时，露珠的粉丝，细雨的经纪
会联手推出以假乱真的盗版

发　报

即使把你放在一隅墙角
谁也不敢小觑你刊登的捷报
那里写满春的讯息和思潮
一滴露珠的副题中也晶莹着微妙
这是一个温暖的信号
说明南风在徐徐回归，北风知趣地逃跑
那些紧闭的窗户可以吐露一缝的心焦
如果愿意，还可以敞开迫不及待的烦恼
会会渐涨的波涛，约约路过的小鸟
一簇小小的三角梅在夜里不知吃了什么药
扶着墙根魔术般变得妖娆俊俏
还有，李家的大娘起的越来越早
时不时在菜畦中播撒密码，好像给秋天发报

风　寒

静静地聆听,万物复苏的声音
梦,在心头扬帆,在枝头乱窜
大地纷纷起草,生机的绿皮书
幢幢人影,袅袅炊烟,布谷说出金玉良言
篱笆受困于藤蔓,红杏越出墙端
大街上,姑娘用裙裾,装修了小伙子的双眼
爱情,在这个季节,要完成最后的水滴石穿
屋檐下的燕子,出双入对,在做着一种示范
谁家的野猫,缺少教养,疯疯癫癫
谁家的野狗,狂吠不止,整夜失眠
谁家的牛马,挑灯夜战,急坏炊烟
谁家的针线,密密麻麻,缝补寒酸
这些日子的官能症,都是源于风寒

风语风言

我听到了风,传递着雨的消息
我听到了雨,敲打着湖的鼓面
我看见了春天,把冰雪消融在大地的字里行间
就着这样的墨汁,大地起草了绿色的诗篇
那成长的主题,拔节得锣鼓喧天
一株苗走出了围城,一朵花绽放了笑脸
岁月的缆绳,又一次被梦抛在空中,变成闪电
和雷声一起,点赞岁月的自然段
小河揉了揉朦胧的睡眼
打了一个哈欠,嘟囔了一句对冬的不满
它要用兼收并蓄的胸襟,让自己不再肤浅
不被身边的杨柳轻视,不被水里的月儿看扁
不被轻浮的水草说些风语风言

风　云

来吧,你这久违的风云
为等你,我已经辟谷九九八十一天
我愧对上苍的重托,无脸面对世界
在悲戚中,我患了重度抑郁
我的血脉凝固,我的毛发枯萎
我的眼神呆滞,我的气息羸弱
冰雪要用一床白色的帘子
为我,举行隆重的告别仪式
我在凄寒的卧榻上,写下僵硬的绝笔
我用最后的力气,拨通了雷的座机
它派出了巡边大吏,解困我于危难之际
我知道,风云就是它的坐骑
我长出了一口气,吐出了绿的苦胆,红的血瘀

父老乡亲

我真的希望春天能够慢下来
在我故乡的一亩二分田里慢下来
短暂的春天,我的父老乡亲
有些应接不暇,待整的土地
雨水的矜持,风的傲慢
越来越弯的脊背,蹒跚的脚步
都在喘着粗气,风湿和关节炎
是小小的暗器,围攻着苍老的身影
他们是多么想在一场雨之前
嫁出苍白的希望,给一个
风调雨顺的人家,联姻一段
春华秋实的佳话,生下无数儿女
用一个热炕头,熨平艰辛

感叹号

我相信,春天也是一位勇士
它越过了太多的山谷与峰峦
让一株小草挂满盈盈绿意
让一条小溪奔腾滔滔不息
让一枚钥匙找回青青记忆
让一朵鲜花绽放柔柔旖旎
春天走过的路,被梦想覆盖聚集
春天越过的坎,有悲壮故事不语
春天翻开了寒冷凝重的书页
听到了大地轻轻的喘息和呓语
接着,蒲公英骑着风到处乱跑
还有,辟谷的小虫做起广播体操
更有,无政府的田野长满感叹号

鼓　槌

一根藤蔓,纠缠着阳光
这是春天的处子,跳着多情的芭蕾
柳笛,鸟鸣,潺潺的溪水
都在交响百花争艳的盛会
踮起脚尖,舒展妩媚
梦的舞鞋踩到生机的穴位
大地的经络血脉畅达
季节的思绪轻轻地放飞
雨的丰沛,风的助威
都在让这场盛会,风靡天南地北
花大姐背着北斗七星
给一个又一个花蕊小心定位
春天,多像我童年的小妹妹
跟在我的屁股后面,追蝴蝶飞,抓蜻蜓累
两根小辫子在后脑勺一上一下地敲着快乐的鼓槌

骸　　骨

桃花的信号灯一亮起
大地的脸，刷地严肃了起来
这不，为了搭建自己的蜗居
小鸟昨夜又偷了别人家的建材
为了争宠一抹阳光
两颗藤蔓撕扯到一起，拉都拉不开
一只野猫幽会了一位淑女
被人家家长骂的狗血喷头
一只黄鼠狼恶习不改
伤了一只下蛋的母鸡，正被全城通缉
月亮的小白脸，在别人家窗户上悠荡，不怀好意
就连一对甲壳虫也不顾一切地要繁殖精彩的故事
说要收获一份沉甸甸琥珀般的结晶，内涵岁月的骸骨

浩　　渺

蛰伏的虫儿，感到了大事不好
外面的世界忽然大吵大闹
小草得到了阳光的纵容
拼命地伸着胳膊，踢着小脚
一股脑，为大地绣上了绒毛
一场细雨，乳汁般滋润着哭闹
彩虹来给大地接种七色的疫苗
野花，纷纷私奔走向幽会的地脚
小河，弯弯曲曲打着问号
今天，牛羊怎么没有起早
也许，昨夜贪吃，得了肠胃感冒
也许，早已翻过几座山，去追赶相好
草原一言不发，一位诗人感觉穷困潦倒

火　情

用三月的妩媚
系住春的衣襟
轻掩野花的秘密
在岁月的宣纸上
点几滴翠绿,涂几笔婉约
让日子的小巷,涨满不老的神话
让光阴的街区,演绎美丽的期许
让心灵的坐标系里,有清纯位移
是的,那天候鸟衔着请柬
在没有预约的夜晚,走近我的气息
我走出隐匿的窝居,看见了流萤
它们正在起草一篇激情燃烧的岁月
于是,我拨通了一一九告知有一场重大的火情

缴　械

春的号角刚刚吹响
雁阵就头也不回地杀向北方
它们要把冰雪的入侵者
驱离曾经生儿育女的产房
沿途的农夫，纷纷响应
用锹，用镐，用犁杖
修掩体，挖战壕，布下种子的伏兵
一条冰河，吓得直出冷汗，有些虚脱
一片白雪，情绪低落，得了骨质疏松
一棵老树，活动了筋骨，决心要多为队伍输氧
一头老牛，披上了重型装甲，誓言一战定乾坤
入侵者也组织过几次小规模的反冲锋
最终，都被一支穿着迷彩服的小草特战队，缴械

快　　递

用柔弱的身躯，突破紧箍般的咒语
在大地的田字格里，起草一份生机
这是一粒种子的处女诗句
博得布谷声声对仗，引得细柳放飞思绪
轻盈的雨，是无数根弦合奏的绿岛小夜曲
那个夜晚，大地的酥胸被解锁了私密
矜持的小虫子，都变得流里流气
有的醉酒驾驶，有的欺负邻居
清晨的阳光也羞答答地解开衣襟
喂食，长满小虎牙的大地
返青的小草，支楞着小耳朵
紧紧地抱着甜蜜的光线，吮吸
小南风更是善解人意，到处派发暖的快递

狂　想

你是春的眼神,你是暖的升温
你是梦的破茧,你是美的衣锦
你是我目光闪亮的羞红
你是我渴望追逐的心跳
你是冰雪征服不了的韵脚
你是雁鸣点燃的火苗
今天,你把大山燎原成一片呻吟
露珠在加班消防,小草在借尸还魂
阳光给大地吻出了按捺不住的诗行
牛马喊着闹着要踏青原野
农民争着抢着要施肥保墒
犁杖要自己写一篇原创的文章
拖拉机洋洋洒洒要出版岁月的狂想

立　春

春天来了,春天来了
春天戴着一顶小礼帽飘然而至
春天跳着愉悦的芭蕾,伸展着肢体
风,吹响舒缓的旋律
一朵花笑了,一只虫醒了
春天来的时候,我正午睡
我听到了阳光的尖叫
春天,踩坏了我家屋顶的五块瓦
一块瓦,我想用疯长的树叶代替
一块瓦,我想用鸭子的羽毛代替
一块瓦,我想用孩子的风筝代替
一块瓦,我想用姑娘的裙裾代替
一块瓦,我想用发芽的梦想代替

灵　　魂

在春天的门前,一朵花一锤定音
我的听觉被你布置成幽谷
月色和曙色于此交汇,编耐人寻味的故事
如诉如泣的夜莺,赴约白发苍苍的黎明
天籁不需人类重新填词,苍生各有原创的神曲
那一夜,我梦见自己摇着唱晚的渔舟
那一夜,我梦见自己在和着关关雎鸠
无眠泛滥在我的枕边,不知是忧是愁
根的喜悦在沃土的心里,盘结成
一道又一道永恒的风景
我也是一滴时光剔不去的釉
我也是一粒月光洗不净的尘
我将用一枚一枚的松针,挑破堕落的灵魂

牧　　童

很多大人都去了杏花村
真不知又苦又辣的酒怎么那样诱人
也许,大人和酒有着一样的心路和传神
也许,酒能把大人的生命透视成工笔写真
我不愿意听那些毫无意义的酒中愤懑
聪明的大人有时就是让人费解,让人混沌
不如我的一枝柳笛,能和百鸟押韵
能赢得绿草如茵,能赢得花儿红润
牧童,是大地留白的无忌和清新
牛也讲究修身,每天都要反刍自己的贪心
看来,长大了真是一件麻烦事
我可不希望长大,远离柳笛的乡音
远离老牛的诚恳,有人说长大需要很多成本

暮　春

密密麻麻的雨
交织成了一幅暮春的垂帘
落英星星点点,也许是一种哀怨
我知道,这一切都是表象
因为,一定有一位听政的太上皇
在某个地方,发号施令
也许在山巅,藏在一棵松的体内
也许在云端,传旨蔚蓝的神秘意念
也许在雷鸣的呐喊,在风儿的盘桓
也许,就归隐在我们每一个人的心里梦间
其实,我从飘雪的季节就满眼期盼和祝愿
一枝花也要酝酿春天,也要制造温暖
我灌了一壶的溪水,放在案前
要用它煮岁月的茶,泡长光阴的短

呐　　喊

走向春天，舒展开你寒凝的脸
走向春天，加热你曾经生冷的语言
走向春天，帮自己的信念破茧
走向春天，发酵你冬藏的志气和肝胆
那些纤细的枝蔓，是寻觅力量的天线
那些摇曳的舞姿，是在感受无私的温暖
你可以与阳光对话，谈谈冬日的遗憾
你可以与燕子呢喃，交流久违的思念
风，把一切向上的心声，互通互联
雨，让所有空虚的心灵，充盈胀满
季节的耳麦里，有鸟语花香的感叹
岁月的报刊中，有姹紫嫣红的排版
雷声，是一位头裹乌云的老汉，用信天游在呐喊

恼人的春天

是雷鸟和山雀，啄破了春天的壳
流淌出了老祖母一样的语言
溪流最先被感动，在坚冰下秘密谋反
想用跌宕起伏的旋律，为春天助演
还有山脚下的小桃园，也开始描眉打扮
淡淡的粉红里，分明有欲说还休的渴盼
老柳树有了新的感叹，用柳絮的短信群发给了远山
燕子在屋檐下，叽叽喳喳地讨论蜗居筑巢的方案
青蛙在一条河里，呱呱地给扭动腰肢的鱼儿点赞
蜻蜓空投了涟漪，一心想圈住小荷的腼腆
一位姑娘在浣沙溪旁，呆呆地望着倒影
思绪被河水带走，走了很远很远
只是没人发现，盼着有人发现

闹 春

小南风一吹，阳光就放下了梯子
那些郁闷在泥土上的小草、野花
就会借势攀援，让灵魂挺立
一个盲孩子，最先看见了花开
一个聋孩子，最先听见了鸟叫
还有，石头缝里也探出了脑袋
那是一株准备救赎的中草药
一堵老墙，阻挡着桃树杏树的枝条
可是，那醉人的芬芳依然会四处乱跳
给明媚当注脚，给生机喊加油的口号
此刻，只有一支笔躺在宣纸旁
琢磨着怎样画出一幅喧嚣的春色
写意太单薄，工笔太吵闹

拍　　板

嘘,请让我静静地聆听春天
聆听花开的声音和芬芳的乐感
聆听花瓣的橹桨推开空气的轻缓
聆听花蕊的神经拨动光线的琴弦
一棵老树被软软的南风打开了冬的锁链
一根枝条被密密的雨丝按摩了僵硬的身板
一片叶子正在追着花开一路小跑向前
一阵阵轻喘在一个空间里喧嚣,漫漶
那些花朵都是邀请我走进春天的请柬
我没有理由哪怕是婉拒一个蹙眉,一个腼腆
我知道大森林里的小松鼠已经跳起芭蕾
我知道大地的深处也正在召开一个大会
与会者将用举手表决的方式批准雷的拍板

平　台

悄悄走进蕊的闺房
在稠密的思绪里
深嗅一缕花心的暗香
春的合弦,已经柔曼成闪烁的思想
在清风的臂弯,在细雨的针芒
在黛青色的山峦,在涓涓细流的跌宕
一道惊蛰的圣旨早已在大地快速传开
一种失控的局面如同山雨欲来
此刻,种子在用根的信念拔节梦的风采
飞莺,在用翔的姿态划出一弯虹的胚胎
而我们,两只小蚂蚁也很想在春的农场里
种些菜,或者偷些菜
实在不行,就下载一个耕耘岁月的平台

期　　盼

雨滴敲打着苏醒的枝干
清风吹开了火红的木棉
橙色的太阳当空露着笑脸
远处的你握着一把花纸伞
熟悉的小路被童年的足迹填满
熟悉的乡音里有祖祖辈辈的亲切遗传
鸡鸣犬吠,那是另类的锣鼓喧天
这里就是你的摇篮
后来成了你启航的港湾
如今,你满载思念,鼓起风帆
终于,又回到故土家园
家园是游子不能忘怀的挂件
挂件上镌刻着甲骨文一样的期盼

清　明

清明,一个容易和回忆粘连的节日
清明,一张吐着思念红信子的大口
清明,一条光阴大道的永恒驿站
清明,一滴雨足以漫灌思绪的沟坎
您,已经上升到星星的高度
愿您新的一生安好,享受赤脚奔跑的解放
想您的夜晚,我悬挂一轮圆月
陈列几颗星星,放飞几盏灯笼
天空便成了我的博物馆,您的纪念堂
我从那里寻找记忆和风
于是,静静的思考也成了我的旅行
您的极限,也便成了我寻觅的起点
我清除了梦的空间,只想留白您的好

三　月

盼着三月，等着春风的口信
那是写在一茬新绿上的童谣
它要覆盖一切的陈词滥调
让原野拱出青翠的波涛
一声鸟的鸣叫，让桃树、杏树
纷纷探出含苞待放的大脑
仿佛一夜间，房前屋后就有了歌声欢笑
怀春的姑娘开始在相思的磁场里苦苦寻找
寻找月上柳梢头的密码暗号
寻找蛙鸣阵阵的荷塘一角
寻找夜对无眠的百般忠告
多么希望，一匹白马驮着黎明而来
套红的曙色，像一篇盖头的文稿

呻　吟

用一个长焦镜头
眺望冬的身后，春的娇柔
幢幢树影，点点村落
丝丝细雨，灼灼目光
那是一幅非常饱满的意象
意象中的云，扬帆起航
意象中的水，哺育梦想
意象中的山，下载绿色
意象中的风，到处疗伤
我始终深信，是一枝梅花针
扎到了冰天雪地的命门
行将毙命的大地
才有了心脉复苏的呻吟

生　　机

粉，是春天的媚眼
红，是温暖的衣衫
粉红，是一个季节的降落伞
飘然而落的脚步深情又轻缓
在山间、在水间、在布谷的工作室里边
她们用绿编织生机的围栏
她们用情开启成长的机关
你一不留神，就会陷入梦的阑珊
云开始减肥，山开始发言
溪流洋洋洒洒，开始撰写长篇
牛反刍着铧犁的倔强和苦难
马嘶鸣着越来越多的白昼长鞭
一枚青果，坐在蕊的华盖下，淘气着童年

四月花

一树粉红的心语
说给春的意中人
风,柔柔地翻着爱的故事
每一枝,每一朵,每一瓣
都是血脉喷张的情愫
在人间的四月天里
点燃过目难忘的相思
细雨扑不灭这样的火焰
垂云也压不弯这样的向往
除非一只小鸟,用啁啾的咒语
让落英纷飞如雪,感伤的离去
但,这也许只是桃花的劫
因为,杏花早已攀出了墙头

桃花运

春天一夜之间就走了桃花运
那些美丽的尤物纷纷扑奔而来
涟漪的酒窝，是矜持的指纹
垂柳的睫毛，飞出动人的欢歌
蝴蝶犹豫徘徊，表达嫉妒、羡慕、恨的主题
蜜蜂嗡嗡作响，发出了警告要横刀夺爱
鹅黄的小草，给自己点上了露珠的眼影
粉粉的花儿，把酥胸的拉链打开，吻着阳光
南风吹着微醺的唢呐，云儿一路小跑
看热闹的鸟儿，叽叽喳喳，说百家争鸣
一头牛走在田埂上想着自己的命很苦
一把犁杖在军训着正步走，目标没有尽头
是啊，春的桃花运有喜有忧

外　力

是牧童的柳笛
唤来了春天的气息
是惊蛰的雁鸣
推搡着春天的步履
是太阳的暖意
调补了春天的肾虚
是牛马的努力
破开了春天的谜底
是种子的呓语
挑明了春天的绿意
是花蕾的孕育
抒情了春天的序曲
春天的到来,有太多的外力

尾　　音

我打开一扇柴门，让春蹑手蹑脚的走进
昨夜，那阵暖风传来的资讯
被梦幸福的下载，并群发给山林
晨光，开始喷洒了润肤水
大地，突然多了带刀带枪的御林军
柳枝，跳着广场舞并晨练压腿抻筋
风筝，被一个孩子死死拽住，它要和雁鸟去混
我的柴门，竟然断了冰雪的后路，夺了料峭的大印
我真的担心，有没有倒春寒的报复，回马枪的恶棍
届时，大风蓝色预警，寒潮红色预警，纷纷登场
会让一颗心，倍感痛苦，萎靡不振
不过，我相信，反扑是飞蛾对火的斗狠
是一场败局已定的死亡狂奔，回光返照的生命尾音

向北方

那一年,我在春天里出发
去遥远的地方,浪迹天涯
累了,就搭乘一片云的座驾
渴了,就畅饮丝丝细雨的潇洒
只要有春天为伴,何处都是心灵的家
我的前方,是含苞待放的童话
我的身后,是漫山遍野的奇葩
我是生命与生机的播撒者
大千世界,我把艰辛跋涉成豪迈旷达
我不停地走,沿着春天的血脉
阅读一座座高山的情怀,碰撞一条条大河的直率
悄悄对话绿洲,慢慢掀开草原的红头盖
我收获了阳光的青睐,我积淀了雷电的感慨

消　　息

春天和南风密谋大事
一只大雁,泄露了天机
冰雪要收兵,回到更远的北方
沿途,有支楞着耳朵的小草
刺探军情,雁声成了天上的辎重
有闪电与暮烟在处决山影
有老槐树和变节的风对峙,互不信任
雷是天上的酷吏,依旧在
万山之上,审问一朵
可怜兮兮,无家可归的云
它为冬天站错队流出悔恨的泪
它在一阵徘徊之后,选择了跳崖
几只鸭子,率先在一条小河的版面发了消息

小学校

樱桃树上蹲着一只绿头鸟
开白花的土豆地里跑过一只猫
几只花蝴蝶左右盘旋油菜花的小蛮腰
一只花翅大喜鹊在篱笆墙上手舞足蹈
小黑狗追着几只鸡戏弄，有些粗暴
成群的燕子低空盘旋，在为雨水祷告
这样另类的天气预报让有些气象部门感到害臊
一场雨就要来到，要给桃花妹妹洗个澡
园中一口老井，困住了一声声蛙鸣的嚎啕
有些地方是陷阱是圈套，是坐井观天的牢
一簇马兰的微笑，把端午的情怀爆料
不久，粽香会在母亲的大锅里活蹦乱跳
我青青的小园子啊，我难忘的小学校

新 篇

春风宽大的衣襟
装满发芽的心事
一路,点播含苞欲放的秘密
雷声和细雨,也是一种手段
更让酥松的大地,生出绿的事端
于是,大地的每一个毛孔
都有,叽叽喳喳的童音和方言
蔚蓝之下,云为爱情留白
目光温暖,心怀挂牵
温暖之下,蹒跚的溪流涨满勇敢
挂牵之下,僵硬的柳枝弯出笑脸
这个季节,其实都在等,都在盼
等种子参军入伍,盼百鸟情歌不断

兴安杜鹃

何处寻春归
兴安杜鹃最妩媚
如痴如醉,漫山绘
绿也相随,云也低垂
冰雪不甘隐退
料峭毫不忌讳
一夜刁难尽责备
摧也不悔,残也无畏
一只鸿雁撒热泪
故园让它夜难寐
思也北归,想也盼回
大山深处有高贵
暑也挺拔,寒也面对

杏花村

清明,我再次走进杏花村
在那个古老的烧锅坊里
品上一杯老酒,岁月刷地红了脸
高粱,豌豆,谷子一股脑
纷纷大闹天空,杏花用迷离的眼神
看着我,一双隐形的翅膀欲飞
我清楚,这千年的老酒
有土地神的骸骨,微生物的灵魂
除非李白,其他人是不可轻易近身
我吐不出斗酒诗百篇的大唐声韵
只吐能出了一汪苦水,一段光阴
以及和生活的过节,对日子的愤懑
也想借机和高粱,谷子,豌豆亲亲嘴

钥 匙

闪电，在远天练习着狂草
惊蛰的雷声稍后就到
这是一把钥匙开启了春天的童谣
细雨，在丝丝沁入阡陌的夹袄
苏醒的大地长出了汗毛
这是一把钥匙开启了生机的通道
小虫，在暖阳下跌跌撞撞
翅膀有些僵硬心里却很急躁
这是一把钥匙开启了梦想的出逃
露珠，在小草的尖尖一角
聚焦着太阳的千里迢迢
这是一把钥匙开启了岁月的曼妙
谢谢钥匙，有你真好

一剪梅

一剪梅起草的氤氲春色
尽管还受到料峭的指责
可是,突围是你傲骨里的一首热歌
热爱生命,敢于担当,就是要棒喝
执迷不悟,自以为是的冷鬼寒魔
给沉寂的大地,一抹亮色,一星野火
一朵花,就足矣成为报春的使者
你导航着阳光的思索,破茧的蓬勃
在经纬的弦上,把生机的梦铿锵弹拨
你并不孤单,鸿雁纷纷启航应和
天空与大地也精诚联手,演绎惊蛰
一出大戏,初见端倪,就赢得了雷的掌声
这是一部扭转乾坤的杰作,自有岁月的爻辞评说

圆　满

那一天，面对残冰败雪
大地半吐半咽，有些左右为难
我忽然感觉到，这是一件大事的倪端
我立刻向遥远的南国拨打手机
最终，落实了我的猜测和根据
春风已经和桃花私奔上路
据说，已经过了冰的海关，雪的检查站
穿迷彩服的青蛙，给加盖了放行的题款
难怪，一夜间红粉的灯笼挂满地角田边
像一树树燃烧的火焰，眨着得意的媚眼
溃败的北风，一下留出万亩的空虚
舞枪弄棒的蜜蜂，发现了这个破绽
它要见缝插针地度岁月一个甜蜜圆满

细雨敲窗

细雨敲窗,细雨敲窗
寂寞的心儿有些惆怅
青春遭遇乍暖还寒的冻霜
满心话儿却无处倾述衷肠
那热血沸腾的罗盘也迷失了方向
到哪里去摘一抹斜阳疗伤
细雨敲窗,细雨敲窗
灰色的心情有点冰凉
梦想被折断了信心的翅膀
踌躇满志跌入魔咒的船舱
梦想的目标倾倒在现实的河床
什么时候才能走出北冰洋
细雨说,不要慌张,不要慌张

第二部分

Chaptes 2

生命的丰饶

草　原

草原,是一页绿色的请柬
约请,一颗心灵去远方赴宴
清新的风,唱着今夜无眠
芬芳的花,朗诵花好月圆
流淌马奶酒的小河盛情无限
煮着手抓羊肉的铁锅不停呐喊
牛粪的火苗淳朴得湛蓝
长调的余音袅袅不断,链接着天边
深沉的马头琴,哽咽婉转,咀嚼着历史从前
蒙古包,被热情装满,被好客霸占
这一切,正像一本书里所言
不改的性格如江山,不羁的人生有肝胆
对了,还有一把弯弓挂在床头睡眠

貂　蝉

这是呼伦贝尔草原的夏天
牛羊像放了暑假的野孩子
追逐着云朵走到了天边
一条小河流过日的空间
又毫不犹豫地拐进月的地盘
一只苍鹰在天空盘旋,悬挂着一种威严
一只失散的羔羊咩咩地叫着母亲,有些胆颤
一条牧羊犬左奔右突维持着治安,秩序井然
一架勒勒车载着昨天的风烟,向时光的深处走远
蔚蓝和碧绿交际在遥远的一条线,有起伏的乐感
光阴的小舟在此处搁浅,分秒必争的桨橹停摆了向前
马头琴的喉咙里梗着一块历史的老痰,似胸含愤懑
夜幕悄悄打开星星的拉链,露出了月亮的貂蝉

丰 满

被黎明解放的光线
穿梭成新的一天
昨夜的故事,都已被埋葬在从前
我知道,你的泪腺是世界上最潮湿的地点
我看见,你骑着马跨过了月光的栅栏
在开满鲜花的原野,用一颗香烟炙着灵魂
你决定带着一角春色上路,向春深走远
你经过的地点,有莲花吐出莲子的舍利
你经过的地点,有礁石磨着海浪的刀片
所有的瑞雪早已被阿司匹林疏通降黏
它们正以自己的方式演绎着变脸
风敲着咚咚锵,咚咚锵的战鼓
震得一座山有了泥石流,一条河有了大洪水

感　伤

这是故乡的青纱帐
藏满,无私的阳光
长满,倔强的梦想
那些或急或缓的雨
也曾淋漓尽致地流淌
这是故乡的青纱帐
藏满,父亲的惆怅
长满,茂密的坚强
那些或急或缓的风
也曾心无旁骛的歌唱
这是故乡的青纱帐
年复一年地出版朴素的信仰
每阅读一期,心灵就有莫名的感伤

荷　　花

你是纯洁淤泥的造化
你是和风细雨的涂鸦
你是蜻蜓点过的闺梦
你是蛙鸣嫉妒的高雅
你绿的裙裾，缝满春的脚码
你红的粉面，绽出夏的火辣
你挺的身姿，标定秋的豁达
你思的曼妙，飘出冬的雪花
我听过一轮月色与你的谈话
我听过一阵清风与你的摩擦
我看过一条鱼儿与你的潇洒
我看过一只蜻蜓与你的尴尬
荷花，别来无恙，你禅定了风华

八　月

在夏的背后,有一颗成熟的心脏
正在为丰收的期许,加油鼓掌
繁茂的大地,汗流浃背,拔节梦想
生机的原野,洒满阳光,分蘖情长
大地用脐带的专线,嘘寒问暖稼穑
蓝天用白云的多情,调频风调雨顺的联播
诗情画意的小河创办了一份乡土刊物
鲤鱼写了丰收的序言,青蛙投了简约的儿歌
蜻蜓独说爱莲,蝴蝶的八卦有点出格
桑树赞美了蚕的伟业,花朵评价了蜂的功过
八月是神秘的,一弯彩虹放弃解释
在天边,独自架设含情脉脉的网络
知了的叫声比暑假还长,好像要把一切统统捆绑

蘑　　菇

蘑菇，是大自然留给夏天的微博
短短的微博，也是一首雷的儿歌
大树拼命的转播，绿草悉心的雕磨
虽然纤弱，也勇敢地挺起了遮风挡雨的体格
雨，褒奖它越挫越勇；风，表彰它临危不惧
小溪为它写了激昂的诗句
彩虹为它裱了多情的底色
一片大地，立刻有了灵动的传说
在甘之如饴的空气里，迁徙移挪
那个采蘑菇的小姑娘，是我的女儿
背着的小箩筐，是我给她编织的致密善意
希望这样的意境，把她的心灵焊接在富饶的住所
愿她永远有简单的快乐，而不是繁杂的思索

牌　匾

在五月的完达山
春风把忍耐了一冬的杜鹃点燃
阴沟的积雪尚在发出冷笑
胆怯的叶子还没走出胎盘
是火,就总想燎原万顷,一举冲天
是火,就要火急火燎,让万山红遍
这火,撼动了乌苏里江的冰排
这火,松绑了茫茫的林海雪原
你听,松的笑声;你看,激动的山涧
它们都把自己的乐器,悉心调弦
这是一场盛大的演出,生旦净末丑纷纷登场
就连狗熊也走出冬眠的卧室,东张西望
要为这醉美的春光,送块庆贺的牌匾

七　月

七月，我们去结婚
去高原结婚，在那里渴望听到
上苍的祝福，祥云的恭贺
让冰雪羡慕我们婚纱的洁白洒脱
让夏风羡慕我们爱情的浓烈火热
请高山作证，我们从童话开始
请幽谷放心，我们会收官江河
我们想收割新鲜的光线，编织未来的美好
我们想摘下葳蕤的野花，装点日子的春色
让清风的邮箱，发走我们对星光的寄语
让溪流的网络，分享我们对岁月的诉说
我们的结合，是偏旁部首的幸福相遇
我们的结合，是谜面谜底的珠联璧合

时 刻

下雨了,溅起大地一片欢乐
山谷是太浅的酒杯
盛不下这从天而降的情歌
雨说,你若是春就要破茧绿色
雨说,你若是夏就要绽放红火
雨说,你若是秋就要凝结丰硕
这雨啊,成了思想的源头,思考的大家
系着红头绳的雨,也是一位亭亭的舞者
敲着山的鼓,打着树的锣
用眼神撩拨着大地的寂寞
于是,听到了远方有溪水鼓瑟
于是,看到了白云浣纱朵朵
一件蓑衣解读了这幸福的时刻

收　编

七月,我要去看草原
去定义辽阔的长宽和内涵
去体会悠远的恬淡
去感受纯真的绝版
去找回失去的蔚蓝
我让自己信马由缰
走出一道隐隐的天际线
在那里,读读野花的诗篇
在那里,透析心灵的污染
和邂逅的牛羊谈谈人生观
对苍鹰进行耐心的规劝
给弱小的兔子壮壮胆
七月,我情愿被草原收编

思

我眼里的荷塘在吸吮着月色
青蛙一声不吭,鱼儿一动不动
黛色的时空,像默默地坐禅诵经
不知星星都躲到了哪里
也许是去围观一场盛大的演出
吴刚的酒,嫦娥的舞,月宫的桂树
万籁的音响弥散着似有若无
真想荡一叶扁舟,在水面踯躅
在甜甜荷叶上写出一本脍炙人口的诗书
让心灵烧出一窖砖瓦,让生命有遮风挡雨的建筑
果真如此,我就很知足,夜色教会了我思考和感悟
看来,人生要勇于穿越一段浮华的马路
在寂静的街角多些流连多些驻足

正能量

想给夏天起个别名
我选不出最妥当的语言
尽管顽皮的太阳有些讪脸
可我就是不怪罪它的疯癫
爱,有的时候也是一种纠缠
向日葵步步紧跟太阳,永不怠慢
庄稼地在跑汗流浃背的马拉松
把大地的心愿坚持成秋的丰满
每一丝光都在穿针引线
把梦和脚步缝合成金色的披肩
在一个秋风送爽的早晨
给连绵的大地和峰峦送去
成熟醇香的罩衣,诗情画意的感叹

白　　桦

突然想起那一片白桦
生长在我遥远的老家
白皙的身影美丽如画
倒影让秋水怒放心花
啊,那一片白桦
啊,那一片白桦
你可想起了我
一粒被潮水冲离故土的沙
喧嚣的搅拌机要裹挟我
去建筑梦里的高楼大厦
我只能回眸,脚步却不能停下
啊,那一片白桦
啊,那一片白桦

编　剧

隔着一层霜的造影剂看你
才知道你有着血性的谜底
面对着严冬的悄悄紧逼
你宣誓了生命滚烫的思绪
这是你一条信念的红线
红线里有你的骨气、志气、豪气
歇斯底里不过是一种自暴自弃
激情燃烧那才是一种升华自己
一座山缄默的时刻,你就是猎猎大旗
你不怕风的冷言,你不怕雪的碎语
你知道,春遗传给你的心跳从来没有停息
冰封之下的水流,厚雪覆盖的种子
都在用鼻音藐视着那些自以为是的岁月导演编剧

赤碱蓬

是昨夜的流星
不小心，点燃了海的激情
是一抹霞光的初衷
打动了波涛汹涌的心声
岸，不再是寂寞的空等
火，燎原了万顷风情
我想请南归的燕子
放慢匆匆的脚步
帮我裁下一个幸福的剪影
挂在，中秋的的夜空
让月亮丰盈血脉的辎重
让每一个仰望的思念掷地有声
在秋的旋律里，有如火如荼的感动

大　奖

母亲是作家,习惯于耕耘大地的稿纸
写沉默的诗歌,写欢乐的散文
写出了一年之计千斤重的自信
写出了一日之计微尘般的辛勤
写出了田埂上苦菜花的甜蜜绽放
写出了树梢上布谷鸟的点头首肯
写着写着,玉米就有了金黄的暖
写着写着,高粱就有了火红的梦
红薯的标点符号被逐步省略
土豆的通假字体被删除出列
母亲对她的作品日夜推敲
作品被打磨得比镰刀还锋利
在一场诗书会上,母亲兵不血刃,得了秋的大奖

发　　功

秋风频频出手
大山咳出血丝
在季节的病志里
我翻到了寒来暑往的诊断
其实,那是劳作的硬伤
也是丰收的代偿
还好,岁月的《本草纲目》
已经给它配伍了偏方
雪花、坚冰、寒风
还有寂寥的引子
助其冬藏,以恢复元气的充盈
当然,要有九九八十一天的疗程
最后,还需要雷和闪电的发功

烦　恼

豆子地里的蝈蝈还在飚着高音
老槐树上的秋蝉就学起了阿宝
小河里的青蛙排练着复杂声部
蚊子的流行歌曲听了就让人烦恼
高粱被阳光捧红,正式出道
玉米长满胡须,显得有些苍老
雏菊染烫了长发,要傍秋的大佬
燕子全部出操,排出一字符号
云躲得老高老高,好像怕农民的镰刀
一声鸟鸣,楔入如水的月色
劳累的汉子鼾声如潮,让婆娘不知如何是好
谁家的馋猫好像偷了口舌,被骂的到处乱跑
谁家的老牛夜不能寐,反刍命苦的烦恼

风　　筝

立秋,给盛夏亮了红灯
戛然而止的热,有些失落的心情
候鸟开始集结待命,准备踏上新的征程
蜘蛛还在编织着梦,期待收获那些挣扎的残生
添油加醋的雨,总是釜底抽薪般弥散凄冷
瘦弱的河,没了往日的霸道,露出骨瘦嶙峋的真容
一只青蛙,趺趺撞撞,在寻找冬眠的行宫
一条小鱼,脚步僵硬,像似得了中风
云,向更加高远的地方,投亲靠友
天,蔚蓝得让人有些忧郁,让人感到无所适从
一片落叶,发表了肺腑感言,要与根同在
一朵雏菊,跺着小脚,还在放牧着秋风
一朵雪花,飘然而至,像一只小小的风筝

枫　叶

曾经高擎烈烈的红
唱出旷野如火如荼的歌声
岁月的歌喉梗了一阵北风
你便,收官了一场高潮迭起的使命
昨夜星辰,你起草了落叶归根的梦
在一片霞光里,轻霜为你送行
落下的身影撕裂了大山的宁静
松涛阵阵,吟诵依体同山阿的诗经
其实,与其说谢幕还不如说是出征
用消失的身影唤回瑞雪对丰年的钟情
在一个料峭的世界里,保鲜一叶信念的火种
惊蛰的雷声过后,会有雁鸟衔着一颗颗星星
点燃你的春梦,你依然是火炬手,举着重生

灌　　浆

晚秋,农民最期待无雨的日子
那片金黄,是耕耘岁月的奖赏
是阳光圈养的汗滴万朵,热血一腔
秋风吹来新磨面粉般的清香
日子在收割机和蝉鸣中有了新的乐章
夜被侵占成小小的顿号,无怨无悔
笑容,从田野铺到了麦场
从麦场铺到了粮仓
从第一粒麦子被咯嘣嗑响
整个世界,仿佛一下踏实强壮
说话有了底气,酒杯有了醇香
姑娘盘算着婚期,小伙盖了新房
一个新的家庭,正在分蘖灌浆

好大喜功

秋的窑口，把我煅烧成火红
在漫山遍野的哀叹声中
我举起一盏信念的明灯
萧萧北风，打着冰雪的旗号
在恣意妄为，正蠢蠢欲动
仿佛这个世界，由它负责清零
不过，请相信我的执着，相信我的冷静
我从太阳和月亮的身上早已撷取了英勇
我深信，我的骨髓里有不屈的导火索
我会引爆春雷，我会点燃东风
我会让冰雪泪流满面地悔恨，无地自容
不信你看，一株小小的鹅黄嫩草
就能捅破寒冬的好大喜功

红高粱

我的家乡也曾遍地长满红高粱
想必这些红高粱都是为莫言而生长
它们或许知道，自己也能沾光诺贝尔奖
为一个家族增添无上的荣光
红高粱肯定也和我奶奶有关
奶奶能喝高粱酒，死后也埋在了高粱地旁
如此说来，我就是红高粱的后代
红高粱养育了我，我的血里有红高粱的血浆
这些年，大米的白色一直在稀释但效果并不理想
高粱茬子一样的个性有时泛着寒凉
我知道自己的缺点，所以钟情于一个叫烧锅的作坊
想在滚烫的思考中蒸馏出一点感人的豪爽
想在豪爽中陈酿一种隽永的芳香

火

稻谷睡在大地的产床
镰刀笑成了浅浅的弯月
白桦林肃穆地祭奠这庄严的时刻
憨憨的大姐,宛若幸福的接生婆
紫外线,早已把面容着色成古铜的风格
那是祖祖辈辈的生命本色
那是阅尽沧桑出版的诗歌
憨憨的大姐,多像一粒顽强的种子
敢于把坚硬顶破,把魔咒解锁
把日子晒在纵横的阡陌
接受阳光的鼓励,任由四季的评说
憨憨的大姐,也很腼腆,话儿也不多
总是对秋毕恭毕敬,说知足常乐
经常在灶膛的空间里,攒满日子的火

火 焰

一叶红枫
是我发给你的请柬
请你务必带着雪的童颜
走进，我辟谷般的修炼
那里，寒是我的陋舍
冷是我的衣衫
我让生命的脊梁
钙化成毅力的峰峦
让心灵，走进寥廓的苍天
让思想，在寒冷的世界里淬火
给生命奠基厚重博大的内涵
我在冬季等你九九八十一天
届时，我的血脉将燃起火焰

空　间

整个北方，天庭饱满地阁方圆
一派福相，这是秋天的满月照片
花生产了卵，土豆生了蛋
玉米镶了金牙，高粱涂红了脸
收割机跃跃欲试，牛和马有些打蔫
据说，有下岗之嫌，又似英雄落难
马达歇斯底里，要把丰腴的秋榨干
脾气火爆的收割机，整天在田里流连忘返
迁徙的鸟，吓得四处逃窜，没了尊严
颗粒归仓的现实，让老鼠左右为难
一家老小的越冬，遇到了挑战
带刀的风，从北面正步步包抄
云躲得很高很高，为一场激战让开空间

秋虫晚唱

夜,卸下红尘的喧嚣
在土穴和草丛里
传来秋虫的鸣叫
它们弹着缕缕月光的琴弦
或独唱或合唱或分着声部唱
秋夜,成了它们抒情的广场
听那此起彼伏的清韵流淌
听那些琴瑟合鸣的默契搭档
轻重缓急,句句都是爱的情长
高低强弱,声声都是心的奔放
此刻,你可以想象自己就是一只秋虫
在泥土、草叶之间歌舞狂欢,物我两忘
给生命注脚一次不羁和放荡

秋色赋

我的一座庄园
有万顷丰收在望的歌声婉转
连绵的靠山,有无限的宝藏长眠
云的帷幔,等着风的开关启动汇演
小小电线杆,是我的千里眼
脐带般,把我和瞬息万变相连
山泉酿造的美酒,舒筋活血,润肺清肝
蒙古包的毡房,马头琴感叹,蒙古舞舒展
所有路过的鸟儿,全都忘了归巢,在一旁观看
春天的劳模牛和马,就座前排,披红戴花异常显眼
每一份山珍佳肴,都拌上秘制的调料,色香味俱全
每一张鲜花的酒桌,都摆上了粗犷的海碗,不醉不还
山的那边,还准备了一场篝火,要把秋推到风口浪尖

微　　笑

清晨，打开窗户
一份凉爽的信息
被心灵轻轻的笑纳
秋，举着红色的信号旗
悄悄走来，它有自己的频率
小河不再蛮混不讲道理
天空不再雾霾没有笑脸
农民出版的作品开始热销
一朵雏菊要续写一段花枝俏
枫叶，就是秋的狼烟
知了，就是秋的谍报
我的心，是秋的知音
连梦里都有微笑

欣　慰

喜欢秋天的风，喜欢秋天的雨
喜欢秋天的小花在忘情的呼吸
那清冽的空气也是一种爽爽的诗意
那是大地在平复自己过热的身体
降温，先是一种物理，后是一种炼狱
是一场九九八十一天由冬藏到吐纳的洗礼
如果你愿意，你可以听听惊蛰的大地
那里，有婴儿般轻轻的哭泣
大地，这硕大的子宫里
藏满，生命的滥觞，岁月的胡须
以及，厚德载物的谜底
在这个季节，我想用秋高气爽的哲学酒具
喝一杯醇厚的酒水和甘甜的欣慰

严肃的秋天

一片叶子坠地
孤独地死在了风前
这也许就是秋天的开端
但我不认为秋天连着悲惨
秋天用冷静的情怀
梳理,春的纷繁,夏的浓艳
用最简约的版本,解读飒爽蓝天
云,上升了高度
有了更加宽广的眼界
风,有了棱角
开始打磨柔软的骨头
一切的喧嚣渐次闭嘴
因为,它们吵闹的有些过了头

韵　律

我是一枚秋天的叶子
飘零,成了这个季节的主旋律
我从不认为风在威逼,霜在打击
落下,就是放下的同一含义
也曾紧紧地追随春的思绪
也曾酣酣地畅饮雨的甜蜜
也曾帮助过小鸟,搭建幸福的蜗居
也曾为拔节高度,传输了大量太阳的力气
在风华正茂的韶华,不忘学习
撰写过脉络清晰的象形文字
在成长的过程中,与大山和谐相处
我成了大山的一面旗,大山成了我坚实的地基
我为四季喊着口号,一二一,一二一

枕头风

牛在为我打工,我在为日子打工
但日子在为谁打工,我确实弄不懂
我只知道,我的梦就是让稼穑葱茏
就是秋天的笑脸,就是仓廪的厚重
和劳作之后,幸福的鼾声
有人说我土气,是因为我被大地感染得太深
有人说我俗气,是因为我知道日子的画板上
不允许太多的挥洒随意和印象派的朦胧
就如同一粒种子,发芽、成长都有自己的行踪
在我的生命里,牛最忠诚,犁最坚定
妻子最让我心疼,一个农民
可以忘记劳作的时间、辛苦的程度,但不能忘
自己的本分,早已约定俗成,那是大地吹来的枕头风

重　阳

真想,用重阳的温度
温一壶老酒,献给李白
求他在百忙中,赐给我一首诗
如果可以,我将花重金
把诗文镌刻在心碑上
为那些逝去的,或健在的老人
留下一份厚重,永恒的经文
我们不必皈依佛门,也不必日日夜夜
合掌于青灯古刹,爱就是最旺的香火
大地的子宫,承载了太多的苦难
其实,我们都是苦难分娩的幸运儿
遍插茱萸的时候,秋阳正浓,秋寒正紧
一不小心,雪就会淹没我们来时的路途

不得了

尽管大地还覆盖着一层枯草
尽管大树的枝丫还皲裂干燥
尽管北风还会不时前来打扰
但,我的心已然向春天报道
我想寻找第一朵花开的靓照
我想发现最后一块冰消融的懊恼
我想借着惊蛰的雷声炸掉一切料峭的碉堡
我想摘下一片白云系在我心灵最柔的一角
久违的绿在含蓄地举起江河湖泊的酒杯
温煦的风俨然成了谦谦君子
悲悯着大地的穷困潦倒,苍凉寂寥
我暗自窃喜,一切都会如我所料
拔节,分蘖,授粉,这个世界会变得不得了

畅　想

让我们就在这抹余晖中告别
昨日的跋涉与难忘，快乐与迷惘
岁月的列车，又要驶上提速的乐章
还不知晓童真，童真就融入苍茫
还没装修青春，青春就过户给了感伤
人到中年，要面对五味杂陈的担当
岁月的窑火，已经把我们烧成砖瓦的坚强
用脊梁的力量，撑起家国的和谐、进步与希望
让我们一起祈祷，新年的阳光
带着执著的情怀，涌进心窗
给信念浇浇油，给理想抛抛光
给友谊除除灰，给善良扫扫霜
我殷红的血脉，容不下堕落的思想

参　禅

在干旱的大地上，一株小苗
誓言要活下去，给老天看
它说，这是生命的使然，但不是和谁叫板
雨也不是混蛋，它有自己的为难
是骄阳过分的热情，让大地难产
对纤弱的生命，这才是一种考验
要么拔节信念，要么命赴黄泉
大地的史记，有无数的悲欢
一切都不足为奇，瞬间就是过眼云烟
沙尘暴说自己是一次施肥
雾霾说自己也是蓝天的无奈和心酸
逆境说自己是一把向上的推手
破壳说自己是脱胎换骨的灿烂
一切皆有道理，一株小苗学会了参禅

火烧云

我知道，在西天的火烧云里边
正淬锻着星星，月亮和梦幻
淬锻着一个漆黑的精灵
用最深邃透彻的目光
俯瞰众生的灵魂和期盼
或许，呓语是自由是人权
是风暴的风眼，骨子里的反叛
感谢这样的夜晚，这样的自由乐园
这样的夜，才是惟妙惟肖的大自然
在花丛中，在草坪里，在树梢上
低缓，清丽，缠绵，流淌交响般的乐感
夜莺的巡演，野狗的不满，萤火虫的失眠
火烧云是炭，烧出了夜的瓷器，气韵丰满

铁　匠

家里来信，说前街的二爷去世了
我还依稀记得他是一个打铁匠
他打过锄头，他打过镰刀
我相信，他也一定打过丰收的稻谷
他打过马掌，他打过马嚼
我相信，他也一定打过飞奔的梦想
他打过拼钉，他打过铆钉
我相信，他也一定打过牢固的誓言
他打过大刀，他打过剑戟
我相信，他也一定打过梦里的江山
他打扁了日子，他打长了希望
我相信，他也一定打过不屈的脊梁
铁匠，一生都在打铁骨铮铮的灵魂

大　河

你日日在路上浩荡
路,就是你研读的书房
你阅过的每一篇沧桑
都是包罗万象的文章
我崇拜你这位大家
从不炫弄资历阅历的辉煌
在大地的怀抱你总是默默流淌
你把信仰工笔成细腻的心肠
你拍打的岸,有稻黍轻轻的歌唱
你浇灌的田,有绿色惬意地生长
你滋润的文明像一个个火把
为梦导航,你一直在追赶太阳
你携带的泥沙里,有甲骨的爻辞,有竹简的目光

山海关

一座大山,许下诺言
要用一生的时光,守望那片海
直到海枯石烂,孟姜女的泪
泄露了一个古老的的思念
至今在燕塞湖的波光中
见证着人间的悲欢
山海关,你是一道时空的界限
回荡了多少朝起朝落的梦魇
出关者,回眸的泪眼
是对故国家园的眷恋
入关者,刀光剑影
那是对江山的呐喊和挑战
我,要入主中原

辽　　河

我站在辽河的岸边
望寥廓大地，塞外边关
柳条边湮没了流去的往事
燕长城消散了远古的风烟
我想问问长白兴安，沙原大甸
八千年的龙和玉，镌刻在谁的思念
五千年的融与战，打磨了谁的容颜
三千里水与沙沉浮纠缠，千万年情与爱藕断丝连
你沐浴了金戈铁马，你濡养了大辽契丹
还有，满清的八旗子弟，问鼎中原
在东北的大地上，你一路狂草
哪怕墨汁耗尽，也要挥毫一路向海的信念
辽河，驶过了多少历史的篷帆

大凌河

这是大凌河,我故乡的河
是清朝诗人沈芝所说的东北黄河
是滋养了鸽子洞人的乳汁
是红山文化的墨水,是长城的椎管髓油
是袁崇焕,努尔哈赤角力的舟楫
是古代中原和东北塞外的心路中枢
这是大凌河,我故乡的河
是要走出大山,一心向海的大河
是不甘寂寞和贫穷,要实现梦想的大河
是要用勤劳赡养父母,用波涛书写辉煌的大河
是把一页页纸张漂静,重书文明的大河
今天,你虽然心肌缺血,骨质疏松
但,无人敢蔑视你手握长风的雄姿和底气

阳　　刚

让我们上路,去彩虹的故乡
去阅读注解阳光的文章
那美丽的七色,是旷野的衷肠
大草原总是对仗胸怀宽广
目力所达的地方是梦的耳房
风和光,交汇成浩荡的力量
牧歌的动车,白云的翅膀
牛羊的旅客,都在写意一种飞翔
远方的蒙古包已经思绪膨胀
马背奇痒,马蹄倔强
嘶鸣的利剑在闪着寒光
南山,不是生命的乐园
驰骋,才是岁月的阳刚

跳一支舞吧

裙子旋转起一个个梦想
乐曲催生出一个个希望
跳一支舞吧,在跋涉的路上
跳一支舞吧,在心灵的广场
皱纹的五线谱已经悄悄谱好
岁月的播放机当仁不让
童年的歌词已被剪辑
韶华的奖杯已被收藏
往事,踏着夕阳归去,只剩怀想
跳一支舞吧,趁风还在歌唱
跳一支舞吧,趁梦还在流浪
抱着月色的吉他,弹起几缕星光
舞出,一滴露的温柔,一片海的浩荡

富　　裕

我梦见,我的生命里有条小溪
清澈地指引我向着一个目标奔流而去
我梦见,我的生命里有架水车
每天都在搏动心灵浇灌渴望的大地
我梦见,我的生命里有株信仰
每天都在接受阳光的洗礼
我梦见,我的生命里有朵鲜花
这朵鲜花让一片大地烂醉如泥
我梦见,我的生命里有种激情
每天都在打出左勾拳的志气右勾拳的士气
我梦见,一抹霞光走进我的领地
我把霞光当成火炬不知疲惫地举起
我做不到顶天立地,但我的生命澎湃富裕

荷塘月色

真想，一个人走进无边的荷塘月色
静静地端详斑驳的光阴，阅读清辉配乐的散文
在一个鸟巢里，观摩学习爱的深沉
在一个涟漪里，欣赏感受鱼的红唇
听一只蛙的单弦，听万只蛙的合唱
听一只虫的口技，听万只虫的歌咏
听夜的真实嗓音，听鼾声之外的生命交响
和淤泥交流纯洁，和清荷谈谈衰老
敞开心扉地和夜说说阳光下的黑暗和烦恼
夜，有更加宽广的胸襟，而且不急不躁
划过夜幕的流星，消失在流萤的怀抱
几棵老柳的垂发沙沙地素描着月的微笑
一阵阵清香袭来，好像有谁在莲座中布道

穿　　越

延绵的路像一把宝剑
黄沙,每天都在磨砺它的刃口
孤独,每天都在锈蚀它的信念
手握这样的宝剑,我要穿越风的变脸
手握这样的宝剑,我要跋涉险的贪婪
胡杨给我喊过加油,骆驼刺给我轻轻点赞
一望无际的地平线,总是把我看扁
烈日,无私地给予我紫外线
酷暑,大方地馈赠我温暖
我明白,它们是要把我的梦焙干
是的,我宁愿成为被淬锻的瓷器陶器
我也不会无功而返,心存遗憾
我要在大漠的坐标系里,用足迹涂鸦一条曲线

不明白

从乌鲁木齐一路向北
沿着准格尔盆地的东缘行驶
车窗外,大漠一直挤兑着戈壁
单一的色调,圈闭着某种神秘恐怖
忽然,一条大河喧嚣而来
在沙黄的底色上,镶出了弯弯的宝石蓝
导游说,这就是额尔齐斯河
我立刻明白了,这是阿尔泰山的大公主
在朝北冰洋的方向奔走,去幽会那里的松赞干布
听说,父王为她准备了很多彩礼
有喀纳斯一湖的翡翠,有泰加林无限的风光
有图瓦人一肚子的呼麦,有禾木一尘不染的壁画
但我不明白,北冰洋那个寒冷的君主,如何打动了她

第二部分

Chaptes 3

成长的思考

短　暂

说实在的，总觉得秋
是一个无可奈何的过渡
在水火既济的卦象里
有盛极将衰的爻辞
是登峰造极的转折
是誉满谤至的尴尬
我喜欢秋高气爽
但必须面对寒风料峭的紧逼
我赞美富裕芳香
但也得接受寂寞荒凉的造访
于是，秋就是一个纠结的驿站
心灵常常徘徊在这里长吁短叹
凡是美好之物，都被上苍标定为短暂

祸　　端

一所火红的驿站
就坐落在秋的通道上
那里留存着太阳的信件
那里流淌过光明的血汗
为一个生机的王朝,策马扬鞭
风,送过绝密的情报
雨,敲过密集的鼓点
雷,颁布过严酷的法令
电,检阅过大军的威严
这是一部史诗,一叠档案
从春的揭竿而起,到冬的偃旗息鼓
每一个画面,都是杀声不断
每一个节点,都横生出祸端

浪子回头

看来,这场秋雨流露出的信息
真的是要我们和秋天握手道别了
它要把一本轰轰烈烈的作品收尾
留白出一片潇洒的雪花纷飞
那里,回忆将被保鲜成冰清玉洁的咏柳
在寒冷的世界里,为梦想和希望加油
其实,万里冰封也是一个大手笔
凸显了整顿山河的豪迈气度和风流
唯独信念是冻结不了的草根
在寒凝中等待又一次大幕拉开的惊蛰前奏
向冬天走去,携着血气方刚的秋
向萧杀走去,带上一壶有烈度的酒
一曲开山的号子,就能唤醒浪子回头

那一季

小的时候,中秋刚过
父亲就开始磨起镰刀
母亲就开始为老牛添加夜料
像一位书生收拾笔砚,准备赶考
他们已经把春的播种,夏的除草
当做一篇文章的起承,铺垫了操劳
就等秋的破折号,引出人欢马叫
结尾出老少的笑脸,仓廪充实的剧照
红脸的高粱,黄脸的玉米,圆滑的大豆
都成了角,它们把墙头、房檐、院角
都骑成了高头大马,鸡猫猪狗是它们的粉丝
碾子经常给它们施压,老磨偶尔跟它们摩擦
把日子压得越来越短,把光阴磨得越来越快

请柬

这是我的请柬
携着漫山红叶的小篆
邀你回到秦朝的遥远
你是否有穿越时光的渴盼
这是我的请柬
带着灿灿阳光的温暖
风风雨雨一路走来
血脉喷张不是狂妄是肝胆
这是我的请柬
命运的说辞是一种胆颤
请让我把你也点燃
你一定是火光熊熊的好汉
即使化作飞雪,也能留白出一个春天

秋燥

一片落叶，是秋的微博
无需多言，一定发生了什么
比如，世界变了天
但，着实说不清，是太阳有了胆怯
还是，得寸进尺的冬天死皮赖脸
总之，萧瑟把一个季节描摹得有些惨淡
高调唱得最欢的蝉，销声匿迹
善于夜游的萤火虫，不再比肩星星的斑点
一座大山，像着了火，红了半边天
一条小河，像得了病，蔫成了一汪水湾
疏影斑驳，在清点昨日的黄花
阡陌轻叹，镰刀杀戮了碧野一片
秋天，脾气暴躁，跟谁都板起了脸

腮　红

在秋的脸颊涂几片腮红
相信那些觊觎的雪花也会很感动
在秋的末路上,仍有火热的行踪
这是一颗心灵在日夜兼程
走过热络的时空,迎面不期的寒冷
这是生命淬锻的一个过程
需要执着淡定,需要波澜不惊
冰雪是一块晶莹的奖牌
坎坷是一条通幽的曲径
没有几番较量,哪有轻轻松松的成功
我深信,有了这几片腮红
一定会燎原又一个万物复苏的初衷
星光的意义在于,它没有放弃天空

伤　感

浓稠的绿,泼墨枝头和原野
秋的肩头,也起了负重的老茧
婆娑的树冠也轻叹年轮的扩编
时光在一刻不停地剪辑着生命的画卷
回放一碟碟旧的光盘
童音与韶华都依稀可见
那春的风衣里,裹满阳光灿烂
丰沛的功率,让高山变短,让日子疯癫
让路过的人羡慕得红了眼
当然,一切都遵循哲学的曲线
一切也都是形而下的现实版
在秋的行囊里,拾起几枚叶片
暗褐色的老年斑透出了时不我待的伤感

体　　检

燕子走了，屋檐有些失落
河水瘦了，两岸有些猥琐
南风怂了，北风得寸进尺
草枯萎了，满脸失魂落魄
大地累了，牛马给疏通着经络
花儿谢了，根茎得了老年痴呆症
北风起了，老寒腿有些固执怀旧
气温低了，我的血管缩头缩脑
血压高了，我的头脑有些胀痛
雪花飞了，我服下了这份钡餐
我要用岁月的X光为自己体检
检查骨气有没有佝偻
化验志气有没有衰减

溪流与落叶

溪流,用秋波发出深情的请柬
邀万片红叶,融入甘冽的清泉
淘洗最富庶的心情
熬上一罐色彩斑斓的梦幻
这些理想的信物,都曾不怕远征难
在风风雨雨的敲打下,笃定信念
从阳光那里,获得温暖的赞叹
从根须那里,获得拔节的增援
在时光的轨道上,留下一抹别样的惊艳
如今,它们就要回归故土的乐园
那是根的呼唤,那是本的使然
在一片肃穆的氛围里
完成一生一世的轮回和涅槃

雁南飞

几片落叶的打击
就让你们选择了雁南飞
肥美的秋，看来也无法挽回
不知是北风伤了你们的自尊
还是生命里另有隐讳
就这样，你们在我留恋的目光中突围
其实，我还是非常钦佩你们
用翅膀划出的线条有个性的美
还有，你们把春的信号放大成秋的妩媚
这是功不可没的伟业，你们是敢于担当的团队
既然要走，我就祝福你们顺风顺水
我也想送你们一些五谷丰登的储备
等着你们，早点衔来隆隆的春雷

忧　伤

秋天，我苍凉的故乡
在遥远的高原上，随时光流浪
一粒种子和一滴雨水
邀约了千百万年，让人悲怆
一棵老树，就能标的一个村庄
无人怪罪命运，命运就是一种担当
无人诅咒老天，老天也有顾此失彼的慌张
为一滴水而发狂的苍生，有最朴素的心肠
从不因贫穷而让祖辈的仁义礼智信撂荒
我的故乡，依然在西北的一隅，干渴地守望
即使如此，也仍能唱出兰花花的婉转，信天游的高亢
我想，这些都是源于故乡的血脉里流着青铜的滚烫
我时常在地图上，为你画一条公路，想运出你的忧伤

冰凌花

冰凌花,顶冰破雪,毫不畏惧
大胆决绝地向寒凝发起冲击
为数九寒冬送行,把生机的阀门开启
谁说坚冰如冥顽的枷锁不可以打破
谁说雪野是孤寂的灵魂,死亡的底色
你在惊蛰的号角里,跃马扬鞭,杀出铁骑
春分的鼓点立刻响应,给了你信念的补给
流泪的冰雪,依然被清明的法官,判了有期
整个山川大地都在向你敬礼
你像陈胜吴广一样揭竿而起
你即使不做山大王,也是功成身退的传奇
岁月的史记,一定会为你记下感喟的一笔
改朝换代是什么?是一个小人物发了大脾气

冬

在最冷的月份
我凝视着去年春天拍的一束花
隔着四季的无影墙，说一生一世的简单
绽放和凋落，都是岁月的不同笔画
有谁先谁后，但没有谁喜谁愁
我知道，她们的灵魂已经走进天堂
用漫天飞舞的雪，发出了一份份讣告
能够读懂的万物，就有来生来世的轮回
冰雪下，有遥远的呐喊声
由远及近，风声鹤唳，大音希声
一枝梅，立在风雪交加的路口
像岁月的红绿灯，疏导着南来北往的过客
只不过，雁阵没有服从它的指挥，凌空飞过

冻　雨

一场冻雨，让我遭受打击
我泛青的心事，变成琥珀的记忆
我本想把春天快快地托举
高过树的梢头，高过山的眉宇
高过，一个姑娘傲慢的标的
让恋爱的窑窖，有火的动力
把欲说还休的情意，焙成迷人的瓷器陶器
在光阴的时空里，奏响鸾凤和鸣的进行曲
一场冻雨，真的伤了我相思的元气
我不知在爱情的阡陌里
还能不能移植一些我的苦闷抑郁和一丝想你
尽管有蛙的鼓气，有鱼的圈批
也许，我是一只早行的雁鸟，误入了雷区

风　光

去雪的故乡，寻找一种力量
用冰清玉洁的 X 光，透视身心的健康
看看有没有无聊的空洞，感染的炎症
欲望的结核，狂妄的囊肿，瘀滞的脉络
让滚烫和凛冽淬锻出强大的免疫
让目光和银色交织出富庶的感想
让孤独的脚印链接远山的阳刚
让一个背影扛着斜阳解读原驰蜡象
把一切私心杂念冻结在跋涉的路上
用雪的锉刀打磨那颗含有泡沫的心脏
用冰的咒语收降是是非非的发酵膨胀
在蓝天之下，雪肃穆安详着一种高洁
去雪的故乡，临摹一种风光

鸿　　雁

又是一次马拉松,你再次用翅膀批阅了江河
又是一次破袭战,你再次用信念撼动了萧瑟
你携带的一粒火种,成了杜鹃的信仰
你传递的一封家书,成了大地的希望
你的身后,有雷鸣般的掌声在为你加油
你的身后,有不可挡的南风在为你殿后
你的一声呐喊,戳穿了坚冰的纸老虎
你的一次热舞,融化了白雪的铁布衫
从此,霜花开始告别窗户的视网膜
从此,寒凝开始反思固执的自负症
大河清了清嗓子,波浪有了心跳
鱼儿梦见了桃花,端坐在水的中央
远处有一座寺庙,住持正在做着开光的仪式

话　语

冷空气在北方开着会议
一拨一拨的坏消息不绝如缕
树叶悲观失望，纷纷寻了短见
江河收起笑脸，行动有了迟疑
候鸟声声不满，向南迁徙
要和太阳讨个说道，匡扶正义
水里的鱼，像得了小儿麻痹
脚步不稳，喘着一串串大口的粗气
一帮麻雀，简直就是流氓地痞
一会儿唧唧喳喳，一会儿呼天盖地
大有，幸灾乐祸的寓意
我在一窗的霜花里，看见了一双眼睛
睫毛的森林，涵养了一汪春的话语

校　园

黛青的远山，挺拔的水杉
微澜的湖水，栈桥的顾盼
残荷有些无地自容，枯萎打蔫
小小的鸟巢在枝丫间风雨不动安如山
风，正在布下江南的春暖，大地的新颜
雨，正在酝酿田埂的轻烟，蓑衣的情感
藏在身后的竹林无疑已经削好了笋尖
就等一声春雷的召唤，用万把梭镖把湿寒戳穿
这样的季节应该喝上江南的米酒几大碗
即使醉在微醺的江南也不是什么难堪
不管是南望山，亦或是喻家山珞珈山
都是我青春枕过的留恋和永远
我的青春戴过一枚戒指叫江南的校园

雪

纷纷扬扬的雪花
在城市的上空盘旋
一些行车的司机,诅咒着它
它是那样不受待见,以至于
一台融雪车,专门对其伤口撒盐
我忽然感觉到,雪花
你的户口依然在偏远的乡村
你不过是我背井离乡的姐妹
漂泊异乡的亲人
你是多么能够隐忍
忍到了没有水分,忍到了只剩灵魂
夜幕下,才大胆地表白自己的清纯
不过,城里更喜欢大雪无痕

一首歌

十一月,树卸下了岁月的繁琐
以赤膊上阵的姿态,与冬讲和
风,还有雪,风雪交加
却依然对无欲的树,无可奈何
有时,枝头的覆盖能点缀生活
有时,过多的虚荣也能毁了自我
必要的时候,要敢于放弃
放弃,是一种睿智的存活
阡陌放弃了秋色才有了瑞雪的恩泽
河流放弃了奔波才有了凝固的雕刻
隆冬放弃了生机才有了春雷的鼓瑟
生命放弃了囊括才有了亘古的舍得
绿叶放走了一首诗,落叶捡起了一首歌

永　　生

应该写写雪了
既然在静静的夜,不请自来
那沙沙的声音北风无法掩盖
冬,终于发表了白皮书
这是一个归零的庄严过程
千万不要把悲凉凄寒的情绪带进去
那是大地的扉页上,为梦的留白
你可以反思,你可以抒发
你可以备足干粮和柴火
此刻就出发,向风雪的深处
你也不必可怜一只小鸟
和一株血阻气绝的小草
因为,被野火燎原的大地上,写着永生

踪　迹

这是今年入冬的第一场雪
没有雪的冬天，是徒有虚名的季节
扶着夜的墙根，雪悄然飘落
我收到了一条窸窸窣窣的微博
雪花，也是曼妙的焊花
把我的思绪和童年、童话又焊接在了一起
雪人列队，雪仗纷飞，欢声笑语似空中花蕾
是的，这些都是我生命中隐秘的胎记
是和故乡有关的一个体系，一种偎依
那时还小，还不知道光阴的涵义
很是后悔，没有多多收藏几捆鲜活的光线
以备今天的思考，明天的应急
雪，你透露了一个人的踪迹

蓝

不知从什么时候开始
蓝,忽然成了我们的奢侈品
那无忧无虑的蓝,鸟儿驮着的蓝
把白云梳理得有模有样的蓝
一夜间,变得灰头土脸
弄得阳光也有些抑郁
月亮也多了昏暗的老年斑
星星如飞鸟一样,四处逃窜
门窗板着脸,口罩过得心惊胆战
远方得了近视眼
汽车喘着粗气,饱嗝声声不断
司机按着焦急的喇叭,倾泻着心烦
安放了支架的路,仍然感到很是为难

陋　习

小的时候,总觉得日子太缓慢
期待自己快快长大,至少
长大到可以站在树藤下采到一串青涩的葡萄
可真的长大了,却觉得流年似水
只一个转身,就远离了那个纯真多梦的年代
就像一枝桃花,一夜间忽然开绽
没多时,就落英满地
那炙热的蝶儿不解光阴,还在到处寻觅
不过是在思念的秋千上,荡着追逐和怀疑
长大,真是一个让人不可捉摸的话题
时光,不允许我们和它商量一切
它是那样有尊严,有威仪
我只想用慨叹锻打一把宝剑,戳穿时光的陋习

梦江南

总想书生意气的江南
总想绿草青青的校园
还有你的背影她的笑脸
以及烟雨中朦胧的爱恋
水也淡淡，树也腼腆
不晴朗的心空
装着几多青涩，几多慨叹
那是春天里的故事
那是一瀑长发里惆怅的秃斑
江南，这带有水印的画卷
真的，藏了我青春的初恋
以及痛苦的失眠，酒醉的夜晚
还记得，路边的小贩批发给我的月色无限

迷　局

我总想抽一囊夜色的墨汁
用这样的墨汁去写婉约的小事
写一只小虫鬼鬼祟祟地邀约春天
写一只小鸟叽叽喳喳地吐槽寒食
写老家具榫卯间发出的岁月响声
写老关节一动三响的体力不支
写蜘蛛网截获了一只刺探情报的蚊子
写去年收获的稻穗被老鼠啃去了子宫
写前年孵出的小鸡被宣布隔离
写一架飞机遭遇鸟的偷袭
写卢布恨透了美元的明火执仗
写这个地球得了癫痫充满危急
写太阳这块橡皮,能擦掉所有的迷局

密　　码

我的家乡,在远方
是一个靠山靠河的村庄
是一个被炊烟养大的村庄
是一个用均匀鼾声哄睡的村庄
是一个被清脆的蛙鸣骚扰的村庄
慢悠悠的牛车,拉着它走过光阴的隧道
勤勉的庄稼,一茬茬生长着顽强和隐忍
公鸡的定时,总是闹给不知疲倦的父母
那件黎明的大衣,被父母穿得有些破旧
被时光压弯的身躯,驼出生活的艰辛
村庄的月色,常常走街串巷,登堂入室
为豆粒大的油灯火,添些光亮
密密麻麻的针脚,都是爱的密码

牧　歌

什么也不要说
我是草原上一条流淌的清澈
云是我的翅膀
风是我的轿车
什么也不要说
我是草原上一株绽放的寂寞
歌是我的旅伴
酒是我的传说
什么也不要说
我是草原上一团燃烧的火热
爱是我的毡房
情是我的网络
什么也不要说,什么也不要说

年

小时候的年
是一位期盼已久的美丽天仙
怀揣糖果的甜，新衣服的暖
五角钱就能打发的崇高心愿
还有几挂鞭对快乐的清脆拍板
小时候的年
是一顿饺子里包着期望无限
是几蝶菜羞涩地暴露出骨感
是几个小伙伴玩转村子的方圆
是几幅对联给旧门框的礼赞
小时候的年
是爸爸妈妈最暖的年终兑现
有风生水起，有回味无限

暖　意

人们说,春天是一场风
吹开了冰雪覆盖的大地
人们说,春天是一场雨
浇开了种子渴望的心底
人们说,春天是一个眼神
撩开了薄纱蒙面的神秘
人们说,春天是一片心情
长出了好多好多急迫的生机
人们说春天是一场机遇
给生命一个道理和根据
我说春天就是你我心灵的距离
远了,炎热也刺骨
近了,寒凝也暖意

女　孩

那个小小庭院
我总是深情地看上一眼
一个美丽的女孩
就住在花丛的旁边
她的笑声就像清泉
总是萦绕在我的耳畔
她的明眸就是深潭
容下了太多太多的情感
我是一架纸飞机
多么想降落在你的地盘
听你咚咚的心跳,挽你温柔的臂弯
啊,美丽的女孩
听你咚咚的心跳,挽你温柔的臂弯

判　断

也许你并不相信
但我还是要做以下的判断
几声鸟叫，就能让一个世界地覆天翻
几束花开，就能让一段岁月夜色阑珊
几盅老酒，就能让一种愁肠云消雾散
几句温暖，就能让一颗苦寒度过难关
几声赞许，就能让一个蜗牛跋涉遥远
几缕炊烟，就能让一片蓝天苍茫高远
几枚落叶，就能让一个季节戛然收官
几声清蝉，就能让一汪思念涌起波澜
几片飞雪，就能让一切生机峰回路转
几个驿站，就能让一生幸福拍板定案
几个弹指，就能让一种直播成为纪念

彷　　徨

远方,是梦居住的地方
目光,总是青睐陌生的风光
即使扇动疲惫的翅膀
也要扶着时光的栏杆
一路寻找心中的向往
只要在路上,我的骨骼就不会被锈蚀
只要在路上,我的思想就不会被暗伤
我的脚步走出滚滚洪流
我的心脏跳出源源力量
我不在乎地老天荒
我只在乎能不能如愿以偿
路是一首诗行,需要坚韧地吟唱
坎是一道屏障,在境况和境界里彷徨

偏头痛

故乡的夕阳里
是否还有我熟悉的乡邻背影
如果有,是不是也像祖母一样
成了中风的落叶,正为
入土归根的问题拼命挣扎
雨滴,是不是他们的种籽
雪花,是不是他们的化石
他们的青春,是不是远远的天际线
在荒寂的远方,无人问津
那些唠叨,都成了一首首朴素的诗歌
依然在我的心里流淌,翻滚
其实,它还是一张张生活的处方
正好,治疗我灵魂的偏头痛

凄　　美

江南,不是一种地理
是一种情结,总是罩着一层烟雨
江南,也没有坐标和经纬的数据
是一种思绪,滥觞于这里的春意
被生命的硬盘保存至今,鲜活葳蕤
江南的水,是春天流淌的眼泪
潮湿的不只是旷野,还有心扉
白墙黛瓦矍铄,大红灯笼偏肥
花纸伞远去,青石板驼背
烟比雨羞涩;雨比烟陶醉
小桥被光阴折磨得有些颓废
只有乌篷船的桨橹
还吱吱呀呀地唱着彩云追月的凄美

祈　　祷

在青藏高原
我面对雪山之巅
我仿佛像一片叶子
一丝晨风那么淡
我被苍鹰的魂魄灌顶
我被万年的冰雪加持
我的心灵,皈依了寥廓的法门
蓝,是深邃的眼睛
汪满,深不见底的密宗
云,背着沉重的教义
总是弯着腰背前行
我的心脏,就是一个转经筒
在缺氧和虔诚中,双手合十

旗　　帜

信念的骨朵，鄙视
兔子尾巴一样的料峭
在春阳的温暖怀抱
举出，一串串俏皮可人的符号
一对小鸟，前来筑巢，说了很多客套
一只蜜蜂，前来写生，用工笔点出了幸福的味道
一双蝴蝶，出演《梁祝》，正在寻找取景地的材料
春天凯旋的时刻，山门差点被挤倒
是啊，谁也别想锁住山坡上的小桃红
一夜间，她们就能层林红遍整个天空
这些都是源于，南风是一位气功调理大师
它给大地轻轻地一刮痧，反射区就出了痧点
于是，经络就气血充盈，打出了复兴的旗帜

亲　情

鸟儿是会飞的果实
向着家乡的树，扇动翅膀
蟋蟀是惊叫的露水
打湿草丛和亲人的眼眶
想家的云朵是游子
在思念的天空中穿梭飘荡
那白发的老母，驼背的老父
在一个叫故乡的地方
喊疼了我的乳名
我仿佛听到了雷声从远处赶来
读着一篇揪心的文章
亲情已经贫血，孝道已经沦丧
那些冠冕堂皇的理由被时代烹饪得色香味俱全

青　　春

我们都曾路过青春的站台
那简陋的站台却涂满理想的色彩
青涩和梦想打的火热无人能够分开
就像氢和氧相见恨晚地流出泪来
那些躁动的日子,如同不安分的官能团
在迷离复杂的化学反应中左右摇摆
要么被氧化,要么被还原
中性的个体往往被冠以惰性来埋汰
这是一种误解,是二维坐标的怪胎
狂躁的年代,往往有最脆弱的表白
这样的悖论,历史发出过无数的感慨
青春的个股价值,在于你吸收阳光的能耐
这样的正能量,一刻都不要拒绝慢待

求生圈

我是一位背包客
钱很少,但梦很多
那梦,像山一样高耸
所以,从来不怕被时光风化
如果你也是,就跟我一起上路吧
不必从春天出发
春天容易让人眼花缭乱
也不用从夏天出发
夏天着实让人心生眷恋
那么,就在这个秋天出发吧
背一抹斜阳,带几片落叶的感言
沿着雪花纷飞的舞蹈,寻觅北风嘶鸣的琴弦
还有,那个不知名的驿站,多像一个救生圈

绒布鞋

小镇平静的生活
就像平静的水面
日子就像桥下的流水
缓慢而又不复返地远去
街角的院子里
奶奶用古老的纺车
纺着长长的光线
爷爷用祖传的染缸
印染褪色的记忆
妈妈纳着亲一层爱一层的鞋底
爸爸耕着祖一辈父一辈的土地
我一直想逃离沉闷的课堂
找回被河水冲走的绒布鞋

伤　疤

父亲一生都在耕耘土地
父亲和土地是互相救赎的十字架
是榫卯一样楔在一起的生命表达
然而,稻菽的新生和复活
比宗教更有现实意义而且伟大
野草和父亲死磕了一生
最终,野草还是站在了父亲的坟头
抢了上风,不时地说些风凉话
讽刺锄头的愚钝,轻蔑一根筋的犁铧
我很悲凉,每年用几张薄纸的火花
与之抗辩,与之对骂,有时也赌气烧了它
坟茔,多像一座小小的金字塔
在思念的王朝中,奠基一次小小复辟的伤疤

韶华时光

青春的岁月，已走向远方
就像一条清澈的溪流，融入海洋
谁也分不出哪朵浪是昙花一现的韶华
谁也讲不出哪个涛是破碎一地的星光
很多时候不得不靠着回忆濡养心灵的回望
那时的梦里也曾有一弯月亮
那时的柳梢也曾挂过月色的迷惘
大把大把的岁月，也曾发酵彷徨
一叠一叠的日历，也曾失望流浪
青春，那是一条天真又有些任性的走廊
是一座高品位但拒绝挥霍的矿藏
很遗憾，我被蝴蝶的舞蹈感动出一场梦想
很遗憾，我被蜻蜓的出逃链接了一场忧伤

升　　腾

请接受我的求婚
我撷着万顷碧波而来
海枯石烂的誓言
长的无法让人检验
我把它毅然决然
抛到了九霄云外的蓝天
我就是一滴水
你就是一粒沙
你是我要淘出的宝贝
没有办法,今生与你狭路相逢
我要娶你做我的新娘,否则
就请大海把我的思恋掏空
我单膝跪下,只为仰视一朵祥云美丽升腾

手　段

大海雕刻了我亿万年的容颜
海风永远是一首温暖的诗篇
在海的身边,我就这样感受爱的潮起潮落
转眼,就是无声无息的千年万年
我被掏空的思想,挤满了思念
我被淬锻的骨骼,站立成定海的神剑
我见证了帆的誓言,桨的肝胆
我通读了海的史记,涛的绝版
我见过被雷鸣闪电吓怕的鸥鸟
将信将疑地伸出头来,观瞻命运
怀疑惊蛰的召唤,又是一次引蛇出洞的阴谋
让它的前程毁于惊涛拍案
事实证明,飞翔就是躲避阴谋的最好手段

思　　量

匍匐前进的江河，低调成浩荡
那深深的峡谷，是它兵不血刃的暗伤
水滴石穿是光阴对所谓坚硬的挑战
在岁月面前，谁也不要说自己固若金汤
大地被熔岩鎏金淌银成无数脊梁
曾经的高山也被沧桑收编进一汪海洋
一片星光，是浩渺宇宙的歌唱
一颗麦芒，是洪荒大地的粮仓
一句话语，是心灵世界的波浪
一个诺言，是短暂人生的阳刚
真想，用一片云，包扎泛滥的思想
真想，用一抹绿，消炎脓肿的欲望
在自然面前，心态要像水平仪那样平静平常

体　　温

想念一片竹林
在南国的薄雾里文静深沉
闷雷揭开了一个个生命的盖头
春雨功放了你拔节的声音
这是一幅画卷，摇曳着风骨意韵
这是一根根傲骨，挺拔成一根根传神
我的青春，也曾走过你林间的衷肠小路
我的韶华，也曾润染你风华正茂的衣锦
只不过，课本的丛林没有鸟鸣、流水
只有老师不离口的学问以及抽象的微积分
但那时的同学，都向往爱情，或激越或沉稳
爱情的漩涡里溺毙过很多男人女人的青春
鲜红的毕业证书里，有一方大印，还有血的体温

天际线

我渴望被岁月放逐
在一条弯弯曲曲的小路上
有茵茵绿草的童谣
有摇曳小树的诗篇
也许还能遇见一只羊的伙伴
也许还能听到一只鸟的琴弦
也许还能收获一阵风的缠绵
也许还能遭遇一场雨的刁蛮
这是多么写意的空间
明眸善睐,心灵超然
采一叶青草,闻闻大地的汗腺
捧一汪清水,润一润喉咙的咽炎
甩一束目光,冲破蓝绿相交的天际线

童　年

真想到乡下走走
去会会淳朴的春光
在熟悉的乡音里
大修一下疲惫的心脏
让花香当导航
让小路当拐杖
让鸡鸣当铃音
让狗叫当布防
去爬爬山，采摘一片云
去种种地，收获一垄梦
在炊烟里，煮上一锅绿色
在星空里，找一位曾经的小伙伴
在老井里，提上一桶幸福的童年

第四部分

Chaptes 4

意境的美妙

温　　柔

去拜访一位老友
去走一条熟悉的小路
去过一座患骨裂的老桥
好在春的空间里，怀怀旧
不要等到拐杖不离左右，才去
不要等到惋惜捶打心头，才走
放下一切琐事，说走就走
从前的日子，也曾一醉方休
从前的日子，也曾并肩挽手
从前那个魔鬼，害怕我们的交情
从前那个酷吏，奈何不得一生的朋友
我要去看看你，你的心里是否还装着
和你一起哭过、笑过、骂过的愣头
看看今天的愣头，是否比昨天温柔

我需要

我知道,我的精神世界还很匮乏
我一直在思考,我到底还需要什么
我对夜说,我需要一首小夜曲
我对昼说,我需要一首光明行
我对蔚蓝说,我需要一双翅膀
一面是春华,一面秋实
我对大地说,我需要一双足迹
一行是死亡,一行是新生
我对山川说,我需要一幅作品
一边是闪电,一边是乌云
我对光阴说,我需要一次出征
一手拿箭簇,一手握张弓
我闭口是沉默,我开口是云风

霞　光

是谁的红泥小炉,架在遥遥的天空
将一片云,焙出彤红彤红的感动
每当望见它,我就能解读出故乡的心声
故乡,在全国的经济版图中被定义为贫穷
它也曾烧出寓意文明的陶器
它也曾出土包涵技艺的编钟
今天,它仍然在祖先耕耘过的大地上
风很大雨很少地日夜兼程
手里,握着老茧的硬币
心中,流着苦涩的殷红
我看见过一头牛连累带渴地死在春天的兵营
于是,我下定决心要远走他乡,另选前程
我想把一片霞光,移植进故乡的青灯

乡　　愁

爸爸妈妈去了远方
我们在遥远的家乡留守
干的活比扁担还高大
背过的筐篓装满春秋
不知道离别的滋味
只因为离别的太久
我们的奥数,是萝卜加苞米加土豆
我们的音乐,是大风伴大雨伴泥石流
我们的名字土的掉渣,丫头、二狗
我们的肯德基是奶奶蒸的窝头
我们的麦当劳是爷爷年夜才拿出的腊肉
听说,城里的孩子正为减肥发愁
听说,爸爸妈妈患了一种抑郁,叫乡愁

乡　　村

雄鸡说
是它啼出乡村的黎明
因为朝阳也想睡会儿懒觉
那幽深的夜，是梦的王国和温床
老牛说，是它拉纤了犁铧
一点一点地趟开日子的豁口
把渴望，成长，幸福的涓涓细流
漫进，一个叫心窝的小小地方
那个地方，有笑声和满足，有梦想和期待
有绵绵的情谊和搏击风雨的倔强
有锄头和镰刀指挥的交响
有锅碗瓢盆和鸣的音乐
有种子演出的木偶剧
让一个季节笑弯了腰

小　花

豢养一株小花
每天,听她与阳光对话
不需要翻译,我能懂那些甜蜜的表达
叶,多像她的翅膀
总是偷偷地扇动几下
一定是想带着花,远走天涯
根,多像她的乳牙
总是轻轻地撕咬泥土的残渣
一定是想快快长大,从青涩步入高雅
这一株小花,虽然没有经历风吹雨打
但却深谙,家就是平静温馨的卧榻
我每天为她浇水,濡养血脉的畅达
我偶尔为她施肥,促进骨骼的钙化

小　　巷

小巷弯弯，小巷弯弯
小巷深处藏着童年
欢声笑语长，岁月光阴短
石板路是一张张回忆的光盘
小巷回荡着昨日的香甜
爸爸妈妈的呼唤，是夕阳西下的晚餐
小时候，不明白长大的内涵
长大就是一心想离开故土家园
越远越好，然后再揪心地想念
完成一种自我叛逆和惩罚相结合的岁月观瞻
远行，大多属于青春综合症的一种表现
思念，往往伴有老年病的一些倪端
游子是风筝，小巷是一条牵着的线

新　疆

以天山为书脊
新疆是一册打开的经典
南疆和北疆舒展辽阔的内涵
混血的风景奇绝秀丽
塔里木和准格尔盛满两盆时间的黄沙
张骞的拐杖，玄奘的袈裟
都是神圣的差遣，苍天的放逐
那是神祗诗与赋的轮番朗诵
喉咙里滚烫着炽热的颤音
清风和泉水，拨动冬不拉的琴弦
一位伟男子用冰川的姿态注脚永远
牧人怀中珍藏的湖泊，蓄满迷人的传说
天山，你隆起的时刻，盘古睡得正酣

新　　娘

云,是洁白的花
绿,是风雅的画
我是美丽新娘
我是幸福朝霞
在日子的靶心中
我被爱包围得水泄不通
在生活的列车上
我被情推搡得身不由己
我一步一步走进爱情的大厦
在那里,我可以剪几片晚霞
我可以把它们贴成灵动的窗花
也可以用生活的边角余料
组装一架钢琴,弹奏花前月下

寻　找

我在寻找，遗落在草原上的图腾
那该是蒙古的铁骑和寒月般的弯刀
以及铸刀为弦的马头琴声
琴音断若残旗破，猎猎生风
和天际的白云，述说磅礴的梦
我在寻找，所向披靡的蒙古大军
那该是疯狂的战神和雷鸣般的蹄音
所有的江山都被目光锁紧
所有的社稷都被嘶鸣消魂
一只苍鹰，侥幸逃离了箭簇的温存
我在寻找，一段历史的录音
带着蒙古包的耳麦，骑着一朵流云
呼麦说有些低沉，长调说充满情深

一方水土

走在关东的大地上
仿佛走在火的偏旁
又如穿梭血的部首
一不小心,就会踩在地下岩浆的穴位
喷发出震耳欲聋的轰鸣和热情
莽莽的森林说,它就是原始的模样
滔滔的江河说,它就是野性的传说
靺鞨,肃慎,匈奴,契丹,渤海,满清
都是一个个鲜活的民族和国号
在流金淌银的黑土地上锻造过弓的彪悍
在风生水起的大原野上射出过箭的凶猛
老山参至今还在占山为王,有土行孙的功夫
胭脂沟现在还能淘出黄金,有印钞机的美誉

渔　舟

我的渔舟，是唱晚的歌喉
在水的五线谱上，起伏乡愁
故乡，原本在一条河的上游
那里，山高耸，谷深幽
天梯一般的水田，已经放牧不下人口
于是，我顺着溪流，向远方走
浪给我喊加油，涛跟我挥挥手
我终于把脚印拓宽成三角洲
水变得沉默，岸不再峭陡
梦中的月儿拉纤我荡舟
我撒下的网捞出了童年的星星
还有，青梅竹马的明眸
岁月，心眼很小，捞什么都得它点头

远　帆

目送你远走
你启航的时刻
我湿了双眸
那一树的花可以花开花落
我却没有岁月的回天术
给苍老掣肘
目送你远走
你消失在海平线的一头
我一声轻叹，又一抹光阴失守
那岸可以一生不变
我怕即使站成一座礁石
也不能，再抚你的船首
听，鸥鸟的歌多么忧愁

越来越好

昨夜,北风还在唱着安魂曲
今晨,桃花就竞相开绽笑脸
怪不得黎明时刻,我听到了一种声音
那一定是残冰败雪溃逃时留下的哀怨
一定有一位早起的牧羊人用鞭子抽打了它们
一定有一位失眠的姑娘用怀春炮轰了它们
要不,怎会有花翅大喜鹊拍手称快
要不,时空怎会成了鸟语的牧场
相信吧,春风是一坛不信邪的老酒
总能让这个世界否极泰来,地覆天翻
从今天起,暖风要为所有的梦想灌浆
包括一块顽石,一汪湖泊,一片田野
漫漶出来的是一首歌,越来越好

主　题

无论四季如何更替
我挚爱着家乡的大地
爱夏日的月色,爱冬日的雪语
爱春种秋收的一幅诗情画意
一片绿叶,就是一个灵动词根
一声蝉鸣,就是一个象声的关节
一条小河,就是一个放飞的思绪
一座山峦,就是一个梦想的蜗居
童年的记忆犹如草尖上的露珠
轻轻一碰就落到掌心
一些不知名的小虫飞赴过来
吟着童谣,唱着小曲
这一切都抽象成了静夜思的主题

自　　豪

逃离森林,做草原上的一棵树
不在为阳光的施舍发愁
不在为你死我活的竞争角力
可以长得不高,但视野开阔
可以长得不粗,但胸襟坦荡
可以和挂在蓝天中的苍鹰
对话,来世今生
可以让雷说自己是个刺头
可以让雨说自己有些碍事
可以让风说自己不知好歹
总之,这些都是对生命的评价
当别人视我为眼中钉
我便有了独树一帜的自豪

冬之韵

岁月，给山川大地披上了一件银色的风衣
阳光的马蹄依然哒哒作响，送来一份婉约的思绪
最有爱心的南风，会扶起一切跌倒的事物
不会过太久，蒿草就会努力缝合好冬的伤口
喧嚣的雨水会洗净星空与田野，洗净尘封的心灵
微风，吹高了越冬的麦苗；桃树迎候飞回的燕子
春天，分别给了它们清贫的绿意，盛开的思想
以及一张在风里荡漾的婚床
一粒飞翔的草籽，四处寻找降落的机场
一枝不安的藤蔓，勒疼了小树的蛮腰
春天，多像我早年乘坐过的绿皮车
载着一群不谙世事的青少年远行异乡
在那里，采集月光，读圣贤书，追求一位女生

榜　　样

要像一棵树那样活着
敢于拥抱阳光也不惧怕风霜
即使只剩下半盏黄昏
也会像饮茶一样，不慌不忙
世界上确有一些不美的事物
却从没见过一棵丑陋的树
即便奇形怪状那也是一种独创
那是山水家园的另类风光
唯一的苦痛是长风中
脚步不能随心灵奔走
它告诫自己，坚韧淡定
不做无谓的忧伤和彷徨
做一个内外兼修的榜样

保　　养

年的钟声又一次敲响
可我，依然在遥远的异乡
在一座高耸入云的塔楼
敲击着梦的键盘，输入着忙的牵强
我试着用手摸摸外面的天堂
一头雾水的云，神色忧伤
除了电流信号急促的脚步声音
我就听见了我的心跳在空中炸响
我想拜托雷声，把它功放到远方
功放到一个冒着袅袅炊烟的村庄
让耳背的父母听见我的衷肠
我想趁着鼾声，为那栋老房
刮上思念的大白，喷上牵挂的乳胶，进行保养

不　　安

对无垠的草原，我顶礼膜拜
仿佛马背上载着我的前世
又听马鞭抽响了我的来生
我，不过是一颗孤寂的灵魂
在野花和青草间，游动，回归
虽然，青梅已凋谢，竹马已远行
但三千丈的月光，还独守空房
蟋蟀和百灵，依然用质朴的语言
表达乡恋，马头琴声扭着我的心尖
弯弯的小河，已经捞不出童趣
明眸般的小湖，没有了泛舟的少年
一片乌云从天边而来，我知道这是抱怨
草原至今还不能理解，我离她而去的无奈和不安

苍　鹰

我也曾无数次的展翅
一次次跌倒，缕受起跑线的挫折
终于，有一阵风热情飘过
那是一个向上升起的漩涡
我顺势伸展了翅膀，向上向上
短浅的目光里顿现生机和苍茫
野鸟纷纷逃脱，兔子失魂落魄
一片大地，顿时有了君临天下的传说
我不是天生的霸主，只不过我对未来执着
我喜欢蔚蓝的帷幔，我喜欢白云的洒脱
翱翔，是起飞多于跌倒的励志故事
鸟瞰，是轻灵的身心更易于接近高度的必然结果
你也是很了不起的鹰，只要你别老盯着身旁的鸡窝

崇　高

我对赞同我的人
感悟的是他的善意
我对反对我的人
考察的是他的智慧
如果在赞同者那里看到的是逢迎
如果在反对者那里感觉的是愚昧
那么,这两种人的意见我都不屑再听
任凭人们议论我的孤僻和不逊
在这个世界上,我不怕拒绝
拒绝是一种删繁就简
拒绝是一种举重若轻
拒绝是一种大智若愚
拒绝是一种战胜恐惧的崇高

抽　筋

捆起已经走神的包裹，回家
尽管，火车站喝下了一趟趟列车
还是，不能解渴一颗颗归心似箭的急迫
面对乡音的召唤，亲人的渴盼
心的阵脚，已经彻底大乱
加班费失去功效，奖金也无力回天
只有回家，才能稳住这流年的房颤
一站又一站，都是家的门槛
一程又一程，追着那缕炊烟
出站口，打着饱嗝；出租车，板着老脸
村头，我终于看见了母亲的泪眼，父亲的气喘
孩子们胆怯疑惑的一张张小脸
春运，是缺钙的亲情在抽筋

人　　格

那一次，我远行
我见到了一位稻草人
在一块田里，没心没肺的站着
簇拥它的花，缄默无语
晚霞涨红着脸，远山深沉成墨
微风从容不迫，吹拂它的衣着
一顶草帽，不是为了遮挡风雨
一颗心脏，也从不跳动脉搏
但，这是辛苦农民划定的汉界楚河
是对唧唧喳喳不劳而获的一种轻蔑
这是无言的声讨，这是含蓄的指责
在大千世界里，有一种勾当叫卑琐
稻草人，你挺立的是一种朗朗人格

创可贴

我知道你不会再爽约
我怀揣着一份最轻的江南当请帖
每一扇小窗，都是我的眼睛
那里凝固了流淌的小河汪成海的分别
两朵流云没有感应出雨雪
谁也不怪，是流萤让我们的美好幻灭
我也知道，爱情的高等数学往往没有解
但总是忘不了你穿着用彩虹做成的红雨靴
在泥泞的小路上，还时常打个趔趄
请接受我的请帖，那里还藏着一个世界
就像一只蝉十三年的蛰伏，才奋起一跃
我在江南等你，和你相拥成圆缺
让心底的青春凝胶，复活成汩汩的热血
我们一起给光阴的伤口，包扎上回忆的创可贴

答题卡

真想送你一树鲜花
表达我朝思暮想的心里话
那个躲雨的屋檐
我还能记得,有些羞羞答答
如今,你和那把花纸伞
揣着清纯的档案,远走天涯
我也被毕业证导航,走进西北的一个厂家
我问过空中的鸿雁,我问过初生的朝霞
打听你的下落,破解你的密码
它们都缄默无语,从不作答
我知道,你已洒成晨露,或已舞成雪花
你在四季的红尘中,已是我梦里的一杯清茶
我虽号称学霸,但却挂科了爱情的答题卡

大　医

在高原之上,天地间有些狭窄
我想摘下一朵洁白,和野花站成一排
让高原的风,定格我们美丽的相亲相爱
我不敢高声喝彩,我怕打扰了这难逢的千载
绿草被晨露梳洗得干净、窈窕、含情脉脉
蓝天如洗,黑洞般吸吮了思绪的澎湃
我不知道,这是不是禅定的状态
如果是,我就真诚地向苍穹拜上一拜
我疲惫的灵魂,无药可治,日渐懈怠
我向本草纲目挂过号,我求黄帝内经会过诊
今天,我终于得到了大医的号脉
一剂药方,几味配伍,就驱散了我心头的雾霾
精气神纷纷归队,湿、邪、毒统统自首坦白

代　价

始信青梅独爱竹马
始信两小果真无猜
始信寰宇定有天籁
始信童心碧玉洁白
始信人之初的无邪
始信年之幼的可爱
始信风也有悄悄话
始信雨也有朦胧情
始信月亮恋着夜空
始信太阳牵挂大地
始信真诚不是奢侈
始信清澈不是空灵
始信成长会有代价

底　　版

我的童年静静地走远
走入连绵大山的那一边
那天真的语言，那稚嫩的笑脸
都随风而去，融入遥遥的暮色无限
我怀念一眼清泉，我怀念一份炊烟
在清贫的日子里，自娱自乐了那么多的甘甜
神秘的小河，藏宝的小山，瘦弱的小树
都是多彩世界永远玩不够的伙伴
最揪心的是玩伴的翻脸
最惬意的是发现了乐园
最害怕的是家长的怒气
最担心的是老师的题单
啊，童年，你是我生命最美的底版

地　　基

如果没有旅伴，就自己走下去
孤独从来都是坚强心灵的催化剂
弯弯的小路向远方延伸
小路，检阅着脚步的底气和士气
不要轻言放弃，跋涉本身就是一种美丽
走过阳光的赞许，熬过星星的背弃
在你面前，风雨濡养了你生命的定力
山重水复是一句句恼人的谜面
柳暗花明就是大彻大悟的谜底
你握紧的黑暗，都会还你以光明的舍利
你远离的喧嚣，都会还你以心灵的富裕
只有陪你的那条小路默默无语
普度着一颗颗流浪的心，把足迹铺成岁月的地基

读　　海

来吧，读一篇文章
在海的浩瀚里寻找力量
把爱交给远去的帆，启航
把情交给汹涌的浪，涤荡
这样的阅读，会让你感觉到
自己就是不可或缺的风光
少了你，沙滩的铺陈，就没有歌唱
少了你，蔚蓝的段落，就缺了悠扬
少了你，椰林的标点，就是些牵强
少了你，轮船的靠港，就失去方向
如此，你便会把目光读长
如此，你便能让胸襟宽广
你还会明白，大海从没因盐的苦涩而绝望

儿　　歌

每次进入江南小镇
就会不由自主地想起
摇啊摇，摇到外婆桥的儿歌
外婆，永远是懵懂岁月的一抹暖色
小船，总是在记忆的深处被定格
定格成一种难以割舍的情感
定格成一幅血脉氤氲的水墨
定格成一个认识世界的码头
定格成一个有关故乡的酒窝
外婆是河，妈妈也是河
至今，我也常常冥想，那河的上游
应该会有一声轻咳，以及细微的碧波
我梦的岸边，常有异样的潮涌，像似在轻轻拍我

肤　浅

东北的土地，是一部关于故乡的书
黝黑的扉页，写满丰饶的序言
一个辽远，不能概括它全部的内涵
长白与兴安，构成了两条磅礴的主线
一条延绵彪悍，一条灵动悠然
黑龙的文脉草书般运笔放纵
松花的歌声百灵般清脆甘甜
宁古塔流放的思想浓墨重彩了大地山川
蒙古铁骑、满族八旗也都导演了社稷江山
林海雪原保鲜了一段不做亡国奴的抗战
牡丹水流传着八女投江宁死不屈的诗篇
关东，更是一个极具特色的精神文化概念
东北，我真的读不懂你，因为我太肤浅

鼓瑟

蓝天上白云轻盈飘过
大漠里，悠扬着一首不朽的老歌
胡杨，你这位匆匆的天涯行客
背着岁月的尘沙一路跋涉
你就是光阴长河的破浪舟楫
你就是历史背书的温婉斑驳
你把日子镀成灿烂的金色
你把信仰挺拔成一个不屈的传说
一抹秋色可以黯然遍野田禾
但你却发出了最庄严的诉说
不学轻浮的花朵顷毙于一场凋落
不做鹦鹉学舌被人肆意折磨
做就做知行合一的强者，听风暴鼓瑟

故　　乡

故乡是一幅心灵里的水墨
故乡是一轮生命里的月圆
故乡是一首乡音里的老歌
故乡是一眼泪奔里的远行
故乡是遥远又衰老的摇篮
故乡是牵挂又铭记的梦绕
故乡是一条清澈的河流
故乡是一棵参天的大树
故乡是一座藏宝的山峰
故乡是一鼎童谣的清纯
故乡是一叶扁舟的启航
故乡是一抹烟云的无语
故乡是一种回忆的留守

光　圈

拥挤的草将路磨砺成一柄利剑
直刺原野的腹中,那里是野花的家园
弯弯的河水,不愿离去,久久盘桓
清脆的鸟鸣被风修剪,高高低低,时续时断
一只野兔,箭一般把自己射离人们的视线
远处的坡上,一位牧人枕着马鞭
在一顶毡帽的荫护下,随意悠然
季节正在牵着他们,赶场富庶与美满
一群牛羊在缓缓移动,为大地镶着金边银边
整个草原屏住了呼吸,原来苍鹰在例行巡检
蒙古包哼出袅袅的炊烟,晚霞跟大地做了鬼脸
一簇一簇的马兰,在谈情说爱,随意大胆
相机目不转睛,瞪大了红红的光圈

海上日出

我和大海的吻别
那是留恋爱的深沉
在东方欲晓的时刻
我还有生命的重任
我赶走了黑夜
还要还世间朗朗乾坤
一团火,在苦海的深处
凝聚了无比的精气神
每时每刻,我都在升腾
那坚定无比的信心
起锚的船,请披上我笑脸的帆
向生命深处,发起挑战
要么风和日丽,要么氤氲满天
要么海不扬波,要么地覆天翻

红海滩

浪用苦涩的诗行，祈祷
风用咸腥的散文，微笑
岁月千万年的排版编导
一片火，燎原了天涯海角
蒹葭从诗经中舞出曼妙
湿地栖息了无数的横行霸道
蔚蓝和绿色，链接了火的诗潮
从此，这片海激动不已
总有潮起潮落，总有浪影流涛
远处的帆，在苦苦寻找
哪里是平静的港湾可以依靠
水火不容的现实着实让人烦恼
其实，有一条由浅入深的小道
一刻不停的在思考，所有的解决之道

胡　　杨

很想去看看三千岁的胡杨
在秋色中泛出迷人的金黄
岁月焙干了多少苦难苍凉
依然挺拔屹立,守望坚强
风暴总想荡平一切的阻挡
时光总想燃尽所有的梦想
一棵树以置于死地而后生的胆量
告诉世界,死亡也是一种坚贞的风光
依稀的驼铃,像木鱼一样敲着岁月的悠长
远去的鼓角,在光阴的隧道里轮番作响
一个黄沙漫漫的家园,我没有看到沮丧
睿智的头颅,紧固的根脉
都在一个高贵的窑口上歌唱
要么煅烧成灰烬,要么煅烧成瓷的流芳

回　　忆

我还记得你，管你叫过老师也叫过阿姨
我最初的内存，装满你的讲义
无知和懵懂的组合
消磨了你多少青春的美丽
至今，我还有些愧疚
愧疚，让你回答不上来的问题
我还记得你，用一把雨伞改变了四个孩子的天气
而你，却一直被风雨沐浴，一路如洗
你的板书像铧犁，耕耘了我青青的处女地
让我一天天明白事理，积攒力气
我从没说过感谢你，像一棵小草没有对阳光表达谢意
如今，我已长大成人，脑海中常常浮现那时的插叙
真想，再向您提一个问题，然后赢得一个深深的赞许

婚　誓

今天，我最幸福
挽着我的爱人，用我坚实的臂膀
今天，我最难忘
阅读着我的爱人，用我深情的目光
我们在红地毯上，留下爱的誓言
我们在婚礼进行曲中，憧憬别样的明天
十月金秋是我们的港湾，满眼丰收是我们的底版
我们今生的牵手，就是今生的永远
今生的永远，就是有你在我身边
每一份真诚的祝福，我们全都铭记在心间
每一份由衷的甜蜜，我们全都洋溢在笑脸
有你真好，我知道了月为什么圆
有你真美，我知道了花为谁翩跹

家　乡

岁月写意的村庄
永远缺少不了绿的主题
牛马都是丹青的高手
千百年来，执着于它们的工笔
父母是牛马的主人，也是仆人
在一茬一茬的稼穑里，种老了自己
那些口口相传的谚语，朴素清晰
是他们送给子女的护身符
也是和我一奶同胞的兄弟
今夜，家乡就在我的失眠里哭泣
我想家了，却无人能语
想以蛙鸣代替灯火的诡异
想以炊烟代替网络的玄虚

箭

我想要一丝温暖
你却给了我一片火焰
我想要一肩靠山
你却给了我一座峰峦
我们萍水相逢成一种姻缘
感谢生命的抛物线
让我们在茫茫人海中有了炙热的交点
我用背影,掩饰着滚烫的泪眼
你深情的双眸,想必也是清泉潋滟
我想和你一起走遍万水千山
在天涯海角的驿站,续爱的粮草,追路的点赞
这不是梦,你已经让我把它坚定成信念
在爱的道路上,只有出发,像射出去的箭

揭竿而起

请你走进我的蜗居
在原野深处，一个向阳的平地
海拔一千二百米，比所有的楼都高
能满足你，对高楼大厦的歇斯底里
白色的帷幔，不需要乳胶漆
放射状的龙骨，有太阳的寓意
旁边的风力发电，供给唯一的家用电器
那台小小的电视机也有脾气
只说方言土语，文绉绉的话被频率抛弃
一个火炉，燃起牛粪的诗情画意
一壶奶茶，哭诉着煮豆燃豆萁
勒勒车的两行辙印，雕刻着风吹草低
几朵云行迹诡异，在地平线的远方揭竿而起

开天辟地

向着雪山走去，沿途野花如席
每一种美丽，都有自己的脾气
都和殷殷的阳光千丝万缕
在这远离喧嚣的一隅
心灵被纯洁灌浆，被空灵洗涤
思绪长了翅膀，自由地翱翔天宇
山的篆刻，水的随意，如一篇跋序
让天地的散文有了画龙点睛的一笔
雪山在云的缝隙与一片阳光亲昵
河水承载着它们的悲喜
河道像无数个满弓弯弯曲曲地连在一起
我知道，它在积攒无人匹敌的力气
它将射出一条大江，风流地开天辟地

渴　望

你是否还怀念着大学时光
那段人生如函数曲线起伏跌宕
录取通知书往往把梦推向一个高估的辉煌
青春的寂寞和骚动也有差强人意的感伤迷茫
有的为爱发狂,有的为爱坚强
爱,把青春剥脱得彻彻底底,坦坦荡荡
老师的点名,就是和学生过不去的较量
课后的作业,把很多人逼成剽窃大王
期中、期末的考试,那简直就是突围的战场
丢盔卸甲的,失魂落魄的,还有些更是得意洋洋
校园外的小吃,每天都诱惑着穷学生的胃肠
阶梯教室的大课最受欢迎,美女满目琳琅
课桌下,一张张小纸条蠕虫般扭捏着渴望

叩　　问

稻草人，稻草人
你是不是还在守望着春
守望花的温存，守望笑的纯真
那潺潺的溪流里，还配着你的声音
我把童年丢给了一片大地的早晨
稻草人，稻草人
你是不是还在怀念着春
守望鸟的押韵，守望虫的呻吟
那飘荡的白云，透视了你的辛勤
我把昨天谱在了阡陌纵横的乡邻
请告诉我，何处能找回那富庶的清贫
请告诉我，哪里还有滚烫露珠的灵魂
稻草人，稻草人，请回答我的叩问

宽　　带

小妹妹去赶海
留下了一双粉红的信物
轻轻吻着海苔
涛声浪影,发表了感慨
说,这是青春在垂钓未来
青春是赤脚的时代
青春是逐浪的情怀
青春是稚气未消的心态
青春是又笑又哭的告白
青春是一只鸥鸟
在蔚蓝的底色上,展翅风采
那片云是她的裙裾
那片帆是她的宽带

拉　　萨

拉萨,日光蓄满的地方
仰脸是清澈的湛蓝与晴朗
满眼是哈达和经幡飞翔的翅膀
转经和叩头的男女起伏成信仰的波浪
峡谷或山间,深藏着般若佛的光芒
苍鹰在灵魂的出口盘旋守望
法器和诵经的轰鸣,让高原有了别样的交响
绚丽的唐卡淹没了山峦的风光
威严煊赫的长号响彻云天的胸膛
摇动所有的经筒,不为超度,只为触碰佛的指尖
像十五的月亮一样明了,足迹成了无悔的誓约
把未知的宿命,交付颠簸和梦想
但不知谁弃诗人而去,留他一世独殇

梦

在世界的东方
诞生一个梦想
于是,这一方土地就有了飞扬
鸟儿有梦,梦成彩凤
鱼儿有梦,梦成祥龙
蝶儿有梦,梦成天使
蝉儿有梦,梦成神鹰
青山有梦,傲立苍穹
绿水有梦,花草葱茏
田野有梦,五谷丰登
日月有梦,云淡风轻
我也有梦,中华复兴
你也有梦,民族昌盛

声　明

由于本书所用图片涉及范围广,无法与部分图片的版权所有者取得联系,请相关版权所有者看到本书后,与著者联系,以便致谢,付酬。